アルフレッド=
ド=ミュッセ

ミユッセ

・人と思想

野内 良三 著

170

CenturyBooks 清水書院

はじめに

アルフレッド＝ド＝ミュッセ（一八一〇〜五七）はラマルチーヌ、ヴィニー、ユゴーとともにフランス・ロマン派四大詩人の一人に数えられている。青春と恋愛の哀歓をせつせつと歌い上げた名品を数多く残し、ロマン派詩人たちのなかでも最も「ロマン派的」な詩人だったと言えるだろう。

しかしユゴーを別格とすればフランス・ロマン派の詩人は日本の読者には馴染みの薄い存在である。そのユゴーにしてからが詩人として知られているわけではなくて、『レ・ミゼラブル』（『ああ無情』）を書いた小説家としてだ。ロマン派の作家スタンダールやバルザックの知名度と比べるとこの落差はあまりにも歴然としている。これはなにも詩人たちが悪いわけではない。その拠って立つ表現手段のしからしむるところだ。散文に比較して詩歌は国境の壁――国語の壁――が高いのだ。フランス最大の詩人であるユゴーの詩がわが国でほとんど評価されていない事実を想起すれば思い半ばにすぎよう。ラマルチーヌやヴィニーが日本でほとんど知られていないのもけだし当然かもしれない。いわんやミュッセをやだ。

そういう意味ではロマン主義の後に来た象徴主義にゆかりの詩人たち、ボードレールやランボー、ヴェルレーヌ、マラルメが比較的よく知られているのはきわめて異例の事態と言わなくてはならない。日本がヨーロッパの文化を取り入れようとしたときたまたま象徴主義がフランスの詩壇を制していたという偶然的な要素も働いていただろう（ほぼゾラやモーパッサンの自然主義と平行した時期だ）。ただ、もっと根本的な理由としてはロマン主義よりは象徴主義の方がヨーロッパ的なもの、フランス的なものに対してより異端であったことをあげることが出来るだろう。異国の文化的事象に関しては正統的なものはなかなか捉えにくくて、かえって異端的なものの方が万人に理解しやすいというパラドックスがあるからだ。異端は異端であるがゆえに普遍性を帯びる。伝統への激しい挑戦であったはずのシュールレアリスム運動が世界的規模で展開したケースを考えてみればこの消息が飲み込めるのではないだろうか。

確かにロマン派の詩人たちの特徴はわれわれ日本人には分かりにくい点がある。「わかりにくい」というよりか「見えにくい」と言い換えた方がむしろ肯綮《こうけい》に当たっているかもしれない。ロマン主義が提起した問題の多くはある意味ではすでに乗り越えられて人々の共有財産になってしまっているという経緯《いきさつ》があるのだ。ロマン主義を見えにくくしている元凶がここにある。ロマン主義の「新しさ」を理解するには古典主義の「古さ」をどうしても理解する必要があるといえるだろう。

古典主義を支えていたのは美の普遍性＝絶対性の原理だ。言い換えれば古典主義はギリシア・ラテンの芸術作品に普遍的＝恒常的価値を見出し、それを手本＝規範としようとする教養主義の別名である。従って古典主義はギリシア・ラテンの作品に倣うこと、つまり「模倣」をその骨法とする。要するにいかに上手に「模倣する」かが問題なのであって、「個性的」であることはその本来の目的ではない。むしろ「没個性」こそが望ましいのである。

ご覧のとおり古典主義はわれわれが抱懐している文学観とかなり異質である。換言すればわれわれの現在の文学観はロマン主義の洗礼を受けたものなのだ。ロマン主義は近代文学そのものだということになるだろう。そのモットーは個性的であれということだ。そこでは「模倣」は「剽窃《ひょうせつ》」でしかない。いきおい個性的な才能や個性的な作品が賞賛されることになる。

われわれにとって馴染み深い、作者を絶対視＝神格化する作者像は、実はロマン主義の遺産にほかならない。「天才」とはすぐれてロマン主義的観念だ。そしてロマン派詩人のエリートたちは「天才」と見なされたのだ。むろんミュッセもこの美しいレッテルを頂戴した。ある意味ではミュッセはこの「天才」という形容がよく似合う詩人である。

ところで、ミュッセといえば「青春の詩人」という固定的イメージがある。これはある時期からフランスでも定着したイメージのようだ。それにミュッセという詩人は生前から――というよりかデビュー当時からと言い直しておこう――いつも若者たちの心を捕らえてきた。この事実はミュッセの文学を考えるばあい看過できない重要なファクターだと思う。ミュッセは青春の文学である。

ミュッセの文学がなによりも青春の文学であるということを逆説的に示す証拠がある。それは生意気な少年や青年はミュッセを虫酸《むしず》が走るくらい嫌悪するということだ。ボードレールはミュッセのことを「きざな若者たちの教師」と呼び、「くだらない恋の冒険のために天と地獄を引き合いにだす駄々っ子の厚かましさ」を糾弾している。これは晩年の『悪の華』の詩人の印象（一八六〇年に書かれた手紙のなか）だが、もう少し時代を降って若者の臨場感あふれる感想に耳を傾けることにしようか。「客観的な詩」の創出を目ざしたランボーは「ヴォワイヤン［透視者］の手紙」（一八七一年五月一五日）のなかで、ミュッセを青春の甘ったるい感傷を臆面もなく歌い上げた詩人として徹底的に批判し、「ミュッセは、苦悩に満ち、幻想に憑かれたわれわれの世代にとっていくら憎んでも憎み足りないやつです」と断罪する。

しかしボードレールやランボーのような大詩人にこれだけ厳しい批判を受けるということはそれだけミュッセという詩人が青年層に絶大なる支持を得ていたなによりの証しだろう。こだわりはその対象の大きさを示す。無視していいような小物には人は洟《はな》も引っかけないものだ。恐らくミュッセに対する素直で最大公約数的な反応は次のエミール＝ゾラの印象ではないだろうか。ゾラは一八五六年（一六歳）頃のこととして次のように書く。「私に関していえば評論家の冷たい公平さでミュッセを語ることなどできないだろう。すでに述べたように、彼は私の青春のすべてであった。彼の詩の一節を読むと、わが青春が目覚め、語りはじめるのである。」

青春文学としてのミュッセ。ミュッセ文学がもつこの性格をわれわれは大切にしたいと思う。青春は試行錯誤に満ちている。愚行もある。軽挙妄動もある。だが、その純情さ・ひたむきさがとてつもないことをしでかす。青春とは無分別と偉大さが隣り合わせている人生の一時期だ。厚かましさと真摯さ。たぶんボードレールとランボーがミュッセに苛立ったのはそこなのだ。ミュッセは青春を完全燃焼して生きたのだ。そのあまりにも早い「老い」はそのなによりの証しだろう。

ミュッセの弱さや愚かしさも直視しよう。ミュッセを出来上がった大詩人として観察するのではなく、迷い悩む一個の人間としてアプローチすること。神格化されたミュッセではなく「人間」ミュッセの生の声に耳を傾けること。要するに、ミュッセに寄り添い、ミュッセと対話することだ。それは、ミュッセのいいところや綺麗なところばかりに目を向けるのでなく、ミュッセの弱さや嫌らしさからも目をそらさないことを意味する。等身大のミュッセを描くこと――これがわれわれのスタンスである。

それでは、はじめることにしよう。

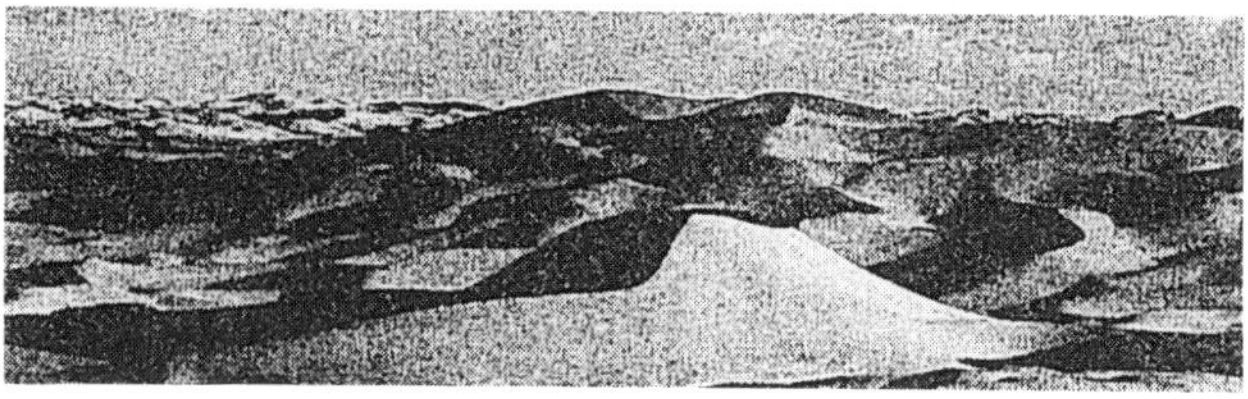

目次

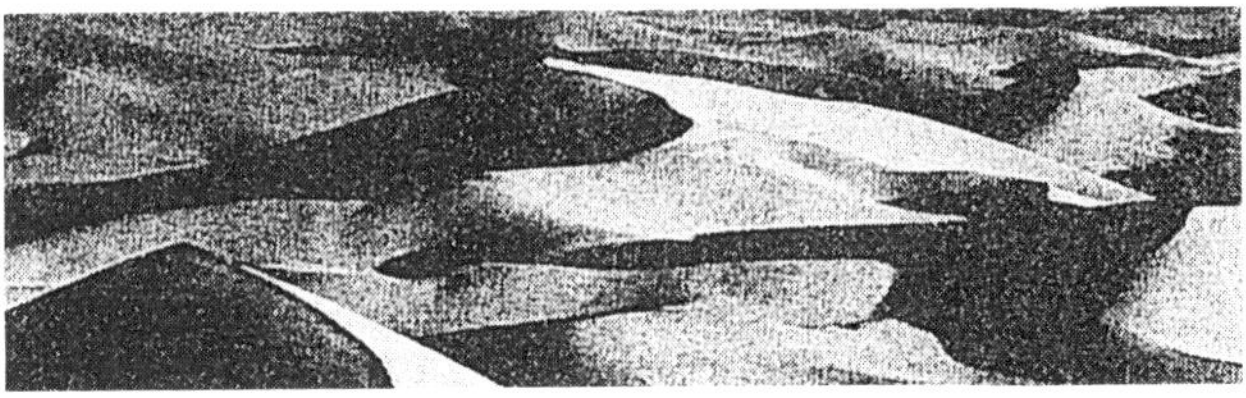

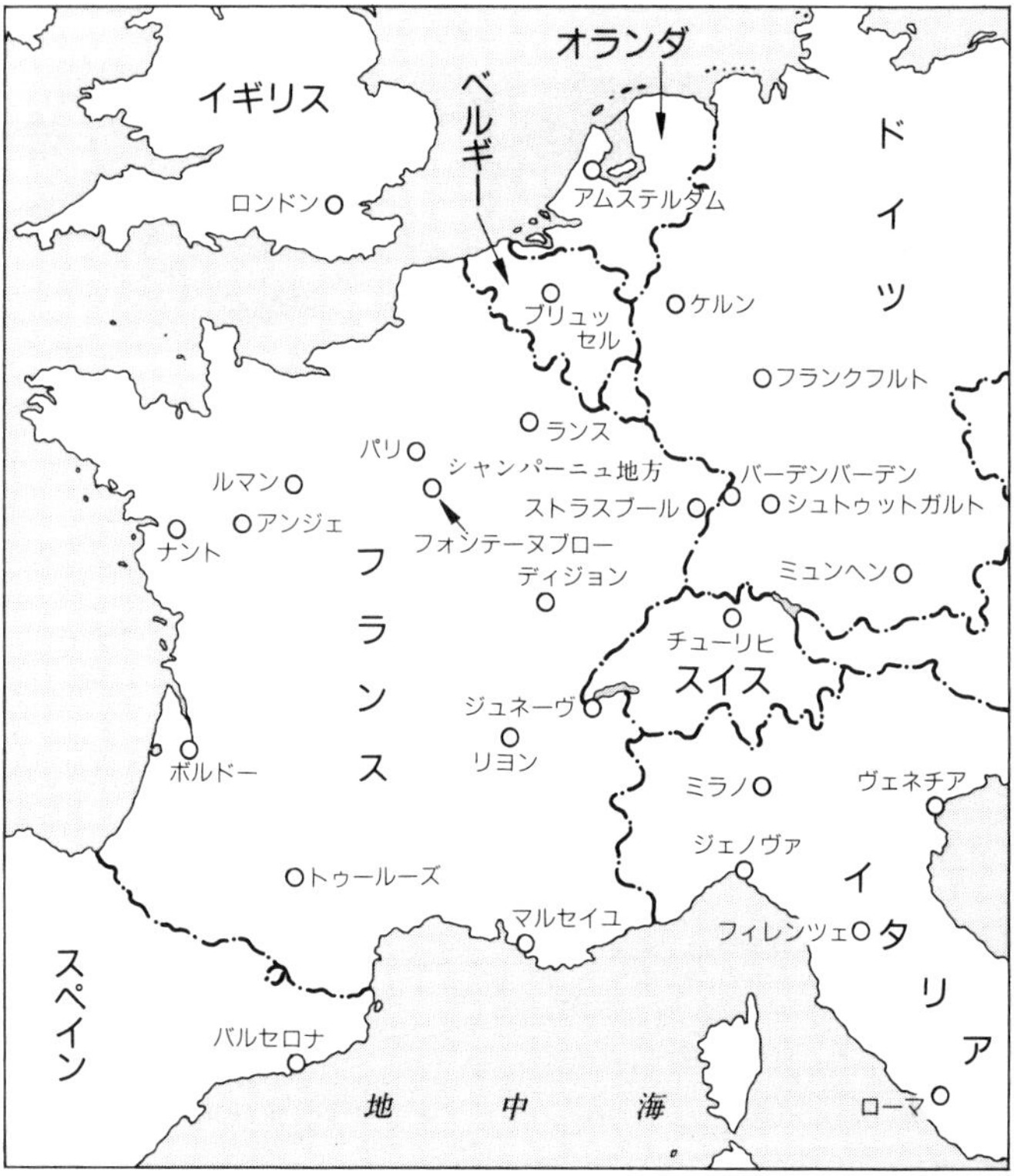

オランダ
ベルギー
イギリス
ドイツ
アムステルダム
ロンドン
ケルン
ブリュッセル
フランクフルト
ランス
パリ
シャンパーニュ地方
バーデンバーデン
ルマン
ストラスブール
シュトゥットガルト
アンジェ
ナント
フォンテーヌブロー
ディジョン
ミュンヘン
フランス
チューリヒ
スイス
ジュネーヴ
リヨン
ボルドー
ミラノ
ヴェネチア
ジェノヴァ
トゥールーズ
イタリア
マルセイユ
フィレンツェ
スペイン
バルセロナ
地中海
ローマ

ミュッセ関連地図

I　恋とポエジーにあこがれて

詩人への道

知的雰囲気の家庭で

アルフレッド＝ド＝ミュッセは一八一〇年一二月一一日パリのノワイエ通り三三番地（現サン‐ジェルマン大通り五七番地）で生まれた。カルチエ‐ラタンの学校街の近くで、モベール広場から目と鼻の先の、生家のあった建物は一九三三年に取り壊された。

六歳年上の兄ポールがいる（九年後には妹エルミーヌが生まれる）。

ミュッセはパリに生まれ、パリを愛し、パリに生きた（数少ない旅行を別とすれば）典型的なパリっ子詩人であるといって差し支えない。ミュッセ家は詩人の幼年時代はリュクサンブール公園に近いカセット通り二七番地に住んでいたが、一時、妹のエルミーヌの健康を気遣ってパリ市外のオートゥイユ村（ミュッセの死後まもなくパリ市に編入され現在はパリ一六区）に転居した以外はグルネル通り五九番地、ヴォルテール河岸二五番地など常にパリ市内に住んでいた。

ミュッセの父ヴィクトル＝ドナシヤン＝ド＝ミュッセ＝パテーは一五世紀にまでさかのぼれる由緒ある貴族の末裔。詩や小説を書く、才気と文才に溢れた官僚で、大革命に積極的に関わり、自由思想を支持していた。王政復古には批判的で、一時期国外に遁れた。ジャン＝ジャック＝ルソー全集の刊行者でもあった。母エドメ＝クローデット＝ギュイヨ＝デゼルビエも上流階級の出自で文芸を愛する上品で知的な女性だった。両親は大のナポレオン贔屓《ひいき》で家庭の雰囲気は進歩的で自由であった。こうした知的雰囲気に包まれた家庭の雰囲気はアルフレッドの人格形成に少なからぬ影響を与えることになる。

兄のポール＝ド＝ミュッセものちに文学者として活躍することになる。彼は弟の才能を高く評価し、その伝記や作品集を刊行することになるだろう。

アルフレッドは感受性が強く繊細だった。わがままで気まぐれなところがあり、少々扱いにくい子供だったようだ。しかしその容姿は金髪で青い目、まるで天使のように可愛らしかった。兄のポールが弟の気品のある美しさを伝えるエピソードを書き残している。アルフレッドが四歳の頃、シャンパーニュ地方に馬車旅行したことがあったが、道々その姿を認めた農民たちがてっきりどこかの国の王子様と思いこんで、大騒ぎしたとか。

アルフレッドは幼い頃何度もサルト県ルマンのサン－カレ近くにある、父方の親戚ミュッセ＝コニェール侯爵家の城館でヴアカンスを過ごしたが、古い歴史を刻み込んだ城館での思い出

幼い頃の兄ポール（左）とアルフレッド　1815年頃

は知らず知らずのうちに後年の彼の貴族趣味を育むことになったに違いない。

天は二物を与えぬというが、アルフレッドの場合はこの警句はあてはまらないようだ。彼はかわいいだけの子供ではなかった。とても利発な子供で、知識欲も旺盛だった。学校にあがる前から冒険物語に心を踊らせたり、騎士道物語に夢中になったりした。『千夜一夜物語』や『ドン・キホーテ』なども すでに読んでいた。

学校時代

九歳のときパリの名門校、アンリ四世校に通学生として入学。長い髪をしてとても愛らしかったので「マドモワゼル＝ド＝ミュッセ」とはやし立てられ、ひどいいじめにあったという。学業はきわめて優秀で、最終学年で全国学力コンクールでラテン語論文二等賞を獲得したほどである。

アンリ四世校時代にシャルトル公（ルイ＝フィリップ王の息子、のちのオルレアン公）と親交を結んだ。とりわけポール＝フーシェと親友になる。彼はヴィクトル＝ユゴーの義弟で、のちにアルフレッドをセナークル［一種の文学サロン］に紹介することになるだろう。

アルフレッドは自分の進路を決めかねていたが、それでも漠然とした予感のようなものは早くから感じ取っていたようだ。われわれはその消息をポール＝フーシェあて一八二七年の二通（九月二三日／一〇月一九日）の手紙によって知ることができる。ここで未来の詩人は恋愛と詩について興味深い議論を展開している。

　彼は恋愛に対する熱い思いを打ち明ける。「ぼくはすてきな足やすらりとした身体を求めている。ぼくは愛することを求めている。ぼくは年のいった醜い従姉でも愛することだろうに、彼女が教養をひけらかしたり、けちでない限りは……」

　もちろんこうした恋愛待望論は一七歳の少年にとってさして珍しいことではないにちがいない。ごく当たり前の反応といっていいかもしれない。ただアルフレッドの恋愛観はさらにもっと先へ突き進む。それはかなり過激な形態を帯びることになる。

「ああ！　ぼくがどんな人間になりたいか、どんな性格であるか、どんな役割を熱望しているのか、ねえ知っているかい。ぼくは金持ちになりたいんだ。幸せになりたいためではなくて女という女を死ぬほど苦しめたいためなのだ。私の魂には決して触れずに私の精神のすべてのバネを働かせながら、ぼくは男たちからは羨ましがられ、女たちからは愛される人間になりたい。実現はむずかしいのだが、もし女たちのなかにぼくが捜していて、彼女の方でもたぶん世界の反対の端でぼくを待っている、そんな女を見つけることができれば、その時ぼくは立ち止まり、『わが人生は終われり！』と口にするだろう。」

　なんとも奇妙な発言だ。女を苦しめることと理想の女を求めることは両立するものなのか。ここにはサディズム的な倒錯的な傾向がほの見えるが、そのことはここではしばらく措くとして、この少年のなかで愛することがさまざまな人間的行為のなかにあって何かしら特権的な性格を帯びているようなのだ。ふつうの場合と違って、恋愛は幸福にたどり着くための手段ではない。いわば恋愛は自己目的化している。目的としての恋愛。それは恋愛至上主義と呼べば呼べるだろう。

また、この過激な恋愛観は文学に接近することになる。アルフレッドは別の個所で「ぼくはものを書くまい。あるいは書くとすればシェイクスピアかシラーのようになりたい」と文学への並々ならぬ抱負を開陳している。恋愛とポエジー、この二つはこの少年のなかで二重写しになっている。「ポエジーはぼくのなかで恋愛の姉妹である。一方が他方を生み出させる。彼らはいつも手を携えてやって来るのだ。」「ポエジーは美しい女のようである。」

恋愛至上主義に随伴する形で文学が問題になっているとはいえ、進路確定に迷う一七歳の少年のなかで、にもかかわらず愛することと書くことが切っても切れない関係のものとして把握されはじめていることがよく分かる。かなり混乱した形で登場したこの二つの問題はこれ以降のミュッセの生涯を導くテーマとなることだろう。

進路の迷い

前項で見たように、彼は将来の進路についていろいろ迷っていた。彼の家系は過去にさかのぼれば貴族につながるけれども、現在は一介の官吏の息子だ。額に汗して働かなければならない。教育熱心な両親は彼が超エリート校の理工科学校に進学することを望んでいた（ちなみにあのスタンダールも挑戦して果たせなかった難関校だ）。しかし本人は別のことを考えていた。

彼はまず最初は、時間的に余裕があると思われた（？）法律家の道を希望した。詩作の時間を確保したいという下心は当然あったにちがいない。しかしすぐに法律の勉強の味気なさにうんざりして志望を変更、医者になろうとした。だがミュッセは階段教室でおこなわれた最初の解剖の授業で恐怖と嫌悪を感じて逃げ出してしまった。ちなみに法律家と医者は当時の若者にいちばん人気のある職業だった。してみればミュッセの職業選択の動機はそれほどしっかりとした信念に基づくものではなく、たぶんに世間的な評価に流されていたと言えなくはない。彼はほかに音楽や、とりわけ絵にも興味を示していた。後年のことだが、ミュッセのデッサンを見たドラクロワがその気になれば一流の画家になれたのにとその画才を惜しんだということだ。

ミュッセはセプタンブル界隈のメナール通りのカフェや、ブールバール（イタリアン大通り）のカフェ－ド－パリやパレ－ロワイヤルのカフェ－ド－ラ－レジャンスでチェスやカルタを楽しんだり、オペラ座の舞踏会に足を運んだりといった具合で颯爽としたダンディーぶりを発揮していた。そのかたわら詩作にも手を染めていた。一八二八年八月三一日、ディジョンで発行の雑誌《プロヴァンシヤル》にバラード「夢」を発表する。これは活字になったミュッセの最初の作品である。一〇月には英国の作家トマス＝ド＝クインシーの『阿片吸引者の告白』の仏訳（むしろ翻案というべきか）

ユゴー　1829年，27歳

を発表する（のちにボードレールが仏訳を試みたことはよく知られている。ミュッセと『悪の華』の詩人の親近性についてはいずれ問題になるはずだが、差し当たりはこんな小さな符合も見逃さないようにしたいものだ）。

詩人ミュッセのデビュー

そんなある日のこと、前記の友人ポール＝フーシェがミュッセをユゴーの「セナークル」に連れていき、ロマン派の若い領袖に紹介の労をとってくれたのだ。当時二六歳のユゴーはノートル＝ダム＝デ＝シャン通りのアパルトマンで文学集会を開いていた。「セナークル」でミュッセはサント＝ブーヴ、メリメ、ヴィニー、ドラクロワなどと知り合う。

ほぼ同じ頃、ミュッセはシャルル＝ノディエが主催する文学サロン「アルスナル」にも出入りするようになった。アルスナル図書館（国立図書館に次ぐフランス第二の図書館）はバスチーユからほど遠からぬ、セーヌ河畔――当時のパリの東端――にあった。ノディエは館長を勤めていた。「セナークル」が文学的熱気に包まれていたとすれば、「アルスナル」はよりサロン的で、ピアノの演奏やダンスがあり、くつろいだ雰囲気に包まれていた。ミュッセもワルツの名手ぶりを遺憾なく発揮した。
セナークルにデビューした当時の若々しいミュッセをラマルチーヌは次のように描き出している。
「美しい青年だった。髪は油を塗って頸のまわりにそよぎ、顔は、少し長めの、そしてミューズに仕える不眠の夜のためにもう既にいくらか蒼ざめた楕円形の中にきちんと縁どられ、額は思いに耽るというよりはむしろ放心しているように見え、まなざしは輝かしいというよりも夢見ているようであり、(二つの焔というよりは二つの星である)、口は大変上品で微笑と悲哀との間をためらっている。丈は高くしなやかで、青春のまだいとも軽い荷を、既に身を屈めて背負っているように見えた。女たちや詩人たちの喧噪の中で、いつも控え目な沈黙を守っていた。」(小松清訳)
このダンディーな美青年はたちまちセナークルの人気者になった。セナークルの会合に通ううちに、ミュッセはただ寵児としてもてはやされるだけではしだいにもの足りなくなる。それにまた、このころは古典派とロマン派の戦いも次第に殺気立ってきた時期でもある。会で朗読される作品を聞くにつけても「負けるものか」とミュッセは創作欲をかき立てられる。思いあまってミュッセはサント゠ブーヴのもとに走る。「実はぼくも詩を作っているんです。」そして自分の作品をいくつか読み上げる。具眼の士サント゠ブーヴはさっそく友人のひとりに「われわれの仲間に天分にあふれる子供がいる」と書き送ることになる。こうしてミュッセはみんなの前で自作の詩篇を披露する機会を得る。その作品はたちまち聴衆の心をつかみ大評判になった。

以上がポールが伝えているミュッセのデビューの次第である。

青春を謳歌する

こうしてミュッセは詩人として人から認められるようになったが、いつもミューズに忠実だったわけではない。ダンディーぶりを発揮して上流階級の女たちを追い回したり悪所通いにもぬかりはなかった。

セナークルの最年少者のドン＝ファンぶりを伝える武勇伝が伝えられている。一八二九年の一月のことだが、ミュッセは親しくなり始めた先輩サント＝ブーヴをヴィルド通り（パレ－ロワイヤル公園の近くにある、リシュリュー通りに接する小さな通り）の売春宿に誘った。サント＝ブーヴはこういう場所に足を運ぶのは初めてだったが、ミュッセは場数を踏んでいるらしくなじみの女が何人かいた。サント＝ブーヴはミュッセのすすめる女（彼の好みではなかったらしいが）とベッドインしたが屈辱的な結果に終わってしまった。それにひきかえ隣の部屋では後輩が大立ち回りの床上手ぶりを発揮したとか。

実は、ミュッセにはよき遊蕩の指南番がいたのだ。アルフレッド＝タテだ。彼はミュッセよりも一つ年上で、大金持ちの両替商の息子、教養豊かな趣味人にして名うてのプレーボーイだった。ミュッセはタテらの悪友とともにダンディズムを競うことになる。フィリップ＝ヴァン＝チーゲムの表現を借りればこのあたりの消息は次のようになろうか。

「かくしてミュッセの生活の一部分のすべては、もっとも大事な一部分は芸術とは無縁になる。彼は生きることに精を出す。詩の規則や、劇の三単一の規則や、脚韻の豊かさや、詩人の運命を思うよりは生きること、強烈に生きることに精を出す。彼の関心をひくものはなにか。新しい帽子の形であり、フロックコートの仕立てだ。若い娘の目であり、すばらしい乗用馬であり、さいころの偶然であり、ワインの品質だ。気のむいた時にしか詩は作らない。彼はやすやすと、霊感のままに、人を幻惑させることで満足しながら書く。サント＝ブーヴのように微妙な感動を分析することに努めたり、ユゴーのように歴史家の綿密さでエキゾチックな魂や巧みな地方色を喚起することに努めたりもしない。彼がそれに打ち込んだとき彼の芸術は、ファンタジーではあるが意志ではないし、湧出ではあるが省察ではないし、謙虚ではあるが主張ではない。」

小姓姿のミュッセ

一八二八年の末に催されたパーティーのあとで、ポールは友人から弟について次のようなコメントを受けたという。

「きみの弟は大詩人になることは間違いないと思うよ。でも、あの美貌や、社交的楽しみでのあの活発さ、解き放たれた若駒のようなあの様子、女たちに投げかけるあの流し目、女たちが返してくるあの眼差しを見ていると本当に心配だよ、ダリラのような妖婦が現れるのではないかと。」

この友人の心配を裏書きするようなエピソードが伝えられている。二歳ほど年上のド＝ラ＝カルト侯爵夫人との束の間の（一八二八年から二九年にかけての）恋愛だ。この不幸な恋愛については不明な点が多いのだが、この年上の女性は最初の「不実な恋人」として後のミュッセの作品に暗い影を落とすことになるだろう。

多情多感な青春を謳歌していたミュッセだが、その一方で詩を少しずつ書きためていたことも忘れるべきではないだろう。特に二九年を迎えるとせっせと詩作に励んだ。なぜか。学校を出たのに定職にもつかずぶらぶらしているのを家族が喜ばなかったからだ。ちなみにいえば、この当時は高校（リセ）卒であれば学歴は十分だった。大学卒の文学者は稀だった。将来を決めかねているアルフレッドを父親は友人の経営している軍用暖房器会社に押し込んだ。アルフレッドは発送係（書記とも）として働くことになったが、その仕事が夢多き青年の気に入るはずもなかった（一八三〇年の一月には陸軍省の事務職員のポストが提案されるだろう）。

退屈で単調な将来から逃れるためにはアルフレッドは自分の文学的才能を家族に証明せざるをえない羽目に追い込まれた。詩作に励まないわけにはいかなくなった。彼は書きためた原稿を携えてロマン派に好意的な出版業者ユルバン＝カネルのもとを訪れた。カネルは原稿を点検して――というよりか分量を計算して――きちんとした本にするには五〇〇行足りないと宣言した。

「五〇〇行だって！」とアルフレッドは叫ぶ。「また自由を満喫するためにそれだけで済むのなら、すぐにそれをお渡ししますよ。」時あたかもよし、ヴァカンスのシーズンだった。アルフレッドはさっそく三週間の休暇を願い出て、ルマンに住む母方の叔父ギュイヨ＝デゼルビエのもとに赴く。休暇が終わるとアルフレッドは六〇〇行近い作品「マルドッシュ」をひっさげてカネルのもとに意気揚々と戻ってきた（これはあくまで兄ポールの伝えるエピソードで、実際には出かける前にすでにおおよそは出来上がっていたというのが真相のようだ）。こうして目出度く一八二九年一二月（奥付は一八三〇年一月となっているが）、ミュッセの処女詩集は日の目を見ることになる。印刷部数は五〇〇部だった（現在の通念でいうとこの数字は少ないように思われるかもしれないが、当時としては標準的だったらしい）。

『スペインとイタリアの物語』の世界

処女詩集『スペインとイタリアの物語』　この処女詩集は一五編の作品からなる「かなりちぐはぐな選集」（モーリス＝アレム）で、内容の上でも形式の上でも驚くべき多様性・多面性を見せている。たとえばまず形式を見てみよう。コント（物語）があるかと思えば、劇があり、バラッドがあり、スタンスがあり、ソネットがあり、書簡詩があるという具合だ。その語り口は荘重なタッチ、情熱的なタッチ、軽妙洒脱なタッチなど重いものから軽いものまでさまざまである。

処女作の中にはその作者のすべてがあるとはよく言われることだが、そのことはミュッセの場合にも当てはまるようだ。多種多様な作品から看取できるのはしなやかで鋭敏な感受性、洗練された都会的センス、感動に流されない醒めた分析的知性である。また、豊かなストーリー＝テラーの才能と演劇的センスも指摘することができるだろう。

表題からもすぐに予想されるようにこの詩集には南欧的エキゾチズムが横溢している。情熱と暴力の国、スペインとイタリアを舞台に姦通と嫉妬と復讐の物語が繰り広げられる。しかし意外にもこの時、作者自身はまだスペインもイタリアも訪れたことはなかったのだ。従ってこの詩集のなかに描出されたスペインとイタリアは、読書や絵画などから得た情報を基にして詩人の奔放な空想が紡ぎだした華麗なイメージにほかならない。

創作と体験の関係は一筋縄ではくくれないものだ。「講釈師見てきたような嘘をつき」という言い方があるが、詩人の場合もそれが当てはまる場合があるようだ。ミュッセのこのケースだけでなく、有名な例としてはランボーの場合を挙げることが出来るだろう。ランボーの、あの傑作詩篇「酔いどれ舟」はまだ海を見たことのない内陸育ちの少年の想像力が織りあげた光彩陸離とした幻想織物であったのだ。

思えば、フランス・ロマン主義はエキゾチズムを標榜し、情熱の国、スペインとイタリアにあこがれた。ミュッセの場合はバイロンへの心酔がその傾向にさらに拍車をかけたといえようか。スペインを舞台とする長詩「ドン＝パエス」、イタリアを舞台とする劇詩「火中の栗」、長詩「ポルチア」。情熱的なスペイン女への讃歌（「アンダルシアの女」「マドリッド」「侯爵夫人」）。ヴェネチアの風物への讃歌（「ヴェネチア」）。だが、第一詩集のすべての作品が「スペインとイタリア」に想を得ているわけではないこともすぐに言い添えておかなければならない。傷心の友人へ捧げた歌（「ユルリック・Gへ」）もあれば「ユングフラウへ」の讃歌、ピレネー山中の中世的建造物への讃歌（「スタンス」）、軽妙洒脱なタッチで歌われた「月へのバラード」などもある。

底抜けに明るい「アンダルシアの女」　ミュッセのポエジーのなんたるかを知ってもらうために人口に膾炙《かいしや》した二編をとりあえず紹介したい。「アンダルシアの女」と「月へのバラード」である。まず最初は「アンダルシアの女」の全編を引いておこう。

バルセロナであなたは逢っただろうか、
小麦色の胸をはだけたアンダルシアの女に。
その肌はよく晴れた秋の夕べのようにほの白い！
それはわたしの恋人、わたしの牝獅子、
アマエギ侯爵夫人だ！

あの人のためにあまたの歌を作った。
何度も果たし合いをした。
カーテンが風にゆれるとき、
彼女の流し目を見んものと、
見張りをしたこともあまたたび、

あの人はわたしのもの、絶対にわたしだけのもの。
その黒い大きな眉毛はわたしのもの、
しなやかな肉体も、まろやかな脚も、
王様のマントよりももっと長い、
身体をつつむ髪の毛も。

私室《へや》であの人が眠るとき、
かしぐ美しいうなじもわたしのもの、
ゆったりとしたスカートの下の腰も、
白い手袋をした手も、
黒い編み上げ靴をはいた脚も！

ああ！　網目ヴェールの総《ふさ》飾りのむこうで
あの人の眼がかがやくとき
マンティーラに触れるためだけでも
カスティリヤの全聖人の名にかけて

殴り合っても悔いはない。

あの人が胸もあらわに頽《くずお》れて、
口をあけて、劇しい接吻に
身をよじり、未知の言葉を
叫びつつ身を嚙む時の、
その乱れようの素晴らしさ！

朝、歌をうたいつつ、
絹の靴下を引っ張ろうと
曲げた脇腹の上で
繻子《しゅす》のコルセットをきしませる時の、
あの人の悦びの狂おしさ！

さあ、わたしの小姓よ、待ち伏せだ！
さあ、美しい夏の宵だ！

北はトロサから南はグァダレテまでの
町長さんたちを卒倒させるような
そんなセレナーデが今夜は望みだ！

見られるとおり、この作品は南欧的な官能性と情熱が横溢する作品だ。恋と青春を謳歌する底抜けの明るさがひしひしとこちらに伝わってくるようだ。余計な解説は不要だろう。

軽妙洒脱な「月へのバラード」　次は「月へのバラード」。四行詩三四詩節（全一三六行）におよぶ長い詩なので その冒頭の数節を写すにとどめたい。

褐色の夜に
黄色い鐘楼の上で
　お月さんは
iの上の点のようだった

お月さん、どんなつむじ曲がりな聖霊が

糸の端にぶら下げて
　闇のなかを
おまえの顔と横顔を引き回すのか。

おまえは片目の空の目なのか。
どんな猫かぶりの童天使が
　こっちを横目で見ているのか
おまえの蒼白い仮面の下から。

おまえはまんまるい玉なのか。
手もなく足もなく
　ころころと転がる
肥っちょの大蜘蛛なのか。

見られるとおり、「月へのバラード」は軽妙洒脱な作品だ。要は月をなんに見立てるか、その見立てのおもしろさとおかしさ——意外性とひねり——にある。現在でこそこの詩篇はミュッセの初期詩篇を代表する作品として高い評価を得ているが、発表当時はふざけすぎていると物議を醸した作品だ。

中核的な四編

処女詩集の性格をさらに伝えるためにその中核的な作品「ドン＝パエス」「火中の栗」「ポルチア」「マルドッシュ」――この四編でほぼ詩集全体の四分の三を占める――を瞥見しよう。

長詩「ドン＝パエス」――

スペインはマドリッド。ダンディーな若い軍人ドン＝パエスは美貌の伯爵夫人を熱愛している。だが、情熱的な一夜を過ごした翌日、ふとしたことから恋人が隊友のひとりとも情を通じていることを知る。逆上した彼は決闘の末その相手を殺してしまう。女への未練と復讐心に引き裂かれ迷った末に、ドン＝パエスは毒薬を手にいれて、愛欲の歓喜の中で愛人と無理心中することを選ぶ。女の裏切りと情熱恋愛の悲しい結末。

劇詩「火中の栗」――

舞台はイタリアのとある海岸。踊り子のカマルゴは恋人のラファエルの心が今や自分から離れているのを認めざるをえない。瞋恚《しんい》のほむらに身を焼かれて彼女は復讐を考える。アニバル神父が自分に横恋慕しているのをよいことに手練手管を駆使して神父をその気にさせ、ラファエルを殺害させてしまう。恋に生きる女の妄執が引き起こす鬼気迫る復讐劇。「男の思いは快楽と忘却によぎられる。女は恋だけに生き、死ぬ。女は、男が一日思うことを一年間夢見るのだ。」

長詩「ポルチア」――

場所はヴェネチア。一介の漁師の息子ダルチが伯爵夫人ポルチアに捧げる身分違いの狂恋。彼はわずかな親の遺産を元手に博打で一夜にして巨万の富を得、憧れの伯爵夫人に接近して彼女の心をつかむ。しかし、夫に密会の現場を押さえられ、その場で伯爵を刺し殺してしまう。恋の逃避行のためダルチはポルチアと小舟に乗るが、その船上で彼は恋人に秘めていた自分の素性を明かし、漁師の妻に甘んじることが本当にできるのかと伯爵夫人に迫る。女はうなずくが、男はそれを信じることができない……。

長詩「マルドッシュ」――

純朴な青年の恋の顚末を軽妙な筆致で描く。マルドッシュは若い人妻へひたむきな恋心をかき立てられる。彼女の歓心を買うために青年は申し分のないダンディーに変身。めでたく所期の目的を果たすが、逢瀬の嬉しさに夫への警戒を怠って道ならぬ恋が露見。可愛さ余って憎さが百倍、夫は嫉妬に狂い浮気な妻を修道院に閉じこめる。

「マルドッシュ」はスペインとイタリアから戻ってきた青年（ミュッセ自身のカルカチュアか）のパリでの恋物語といった感じである。

『スペインとイタリアの物語』にはラマルチーヌやユゴーが歌い上げた理想化された恋愛（女性）が見られない。みまかった永遠の女性エルヴィールへの思慕（ラマルチーヌ）。ひたむきで献身的な愛人と共にあることの幸福（ユゴー）。この詩集が語るのは死と嫉妬と暗殺と毒薬が織りなすおどろおどろしい愛憎絵巻である。あるいはまた、「月へのバラード」や「マルドッシュ」に見られる挑発的＝挑戦的な諧謔《かいぎゃく》精神。ロマン派の詩人たちは真面目で真摯な抒情をこととしていたので、ミュッセの狂的な激情の発作（血なまぐさい嫉妬や狂的な情熱恋愛）は反道徳的と受け取られ、その辛辣《しんらつ》な皮肉と都会的な軽妙な飄逸《ひょういつ》さは厚かましくも不真面目なものと映ったことだろう。血気にはやる跳ね上がった新米詩人の無遠慮な目に余る逸脱。これがミュッセのデビュー時の平均的な読者の反応ではなかったか。

詩集への反響

形式の上でも内容の上でも大胆にして繊細、奔放にして洒脱、情熱的にして諧謔的、要するに型破りな詩集『スペインとイタリアの物語』は詩壇に衝撃を与えた。《グローブ》誌には次のような憤激の文章が載った。「新流派（＝ロマン派）は詩句をいじる、ド＝ミュッセ氏はそれをバラバラにする。新詩派は詩句の跨りを使う、ミュッセ氏は使いまくる。」古典主義を信奉する陣営だけでなく、ロマン派の陣営のなかにも賛否両論の激論を引き起こした。人々は詩想の奔放さと詩形の大胆さに瞠目《どうもく》する。その反響の大きさは、少部数しか刷られなかった、それも無名の弱冠一九歳の詩人の処女詩集が毀誉褒貶《きよほうへん》はあるにせよ多くの新聞や雑誌で取りあげられたこと、しかも紙幅をたっぷり割いて取りあげられたことによっても伺い知ることができるだろう。

この詩集の反響について文学史家ルネ＝ブレーは次のように伝えている。

「古典主義者はそこに新たな挑発を見た、そして何人かのロマン主義者はそこに軽率さを見た。ミュッセは既に幾つかの詩をある友人の家で朗読していた、しかしヴィクトル＝ユゴーの家で、間もなく出版しようとしているその本のことを報告したのは一八二九年一二月二四日のことである。間もなく新聞はこの出版を報じ、そしてロマン派仲間の中の恐るべき子が自分を装っている極端さと無礼さとを一般的に指摘した。『火中の栗』、『アンダルシアの女』、『月のバラード』はブルジョワを、ロマン派ブルジョワさえも怒らせた。一八三〇年一月に《ルヴュ－フランセーズ》誌は書いた。〝既に一回と言わず、我々は不完全な作品が世に現れるのを見たが、この種のものの一切の価値は感情の誇張の中に、思想の支離滅裂の中に、そして主として純朴さの見かけを取っていればそれだけ一層無礼な、ある種の文体の意図の中にある。ここでド＝ミュッセ氏はなお『スペインとイタリアの物語』の出版によって、ロマン主義派の大勢の敵に容易に大勝利を得るよう準備したいと思っているらしいのだ。ド＝ミュッセ氏とははっきり決別すべきだ。何故なら彼は全く理解不能なものとなっているからだ。〟」（加藤宗登訳『フランス・ロマン主義年代誌』。なお、引用文のなかの原綴はカタカナ表記に替えた）

しかしながら無理解や批判ばかりではなかった。なかには具眼の士もいた。次に引くのは当時の多くの批評のなかで一番詩人の本質をついた、一八三〇年四月八日の《ジュルナル゠デ゠デバ》紙に掲載されたデジレ゠ニザールのものである。

「私は『スペインとイタリアの物語』を愛する。そこには必然性と自由が見出せるから。(……)決まり文句はないいし、名詩の切れ端もないいし、中学生っぽい剽窃《ひょうせつ》もない、あるのは奔放で率直な詩句、狂おしいまでの熱情、批評家を逆なでする才気煥発。内容は取るに足らない。要するに、気まぐれな二、三の逸話、どれも赤面するくらい淫らで、さして興味を引かない代物。それは主題とは呼ばれなかったにちがいない。主題を豊かにするのは詩人ではなくて、主題が詩人を豊かにしていた時代だったら。現在ではそれは主題と呼ばれるだろう。なんとなれば今の人は詩人のいない壮大な主題よりも主題のない詩人の方を好むからだ。」

文学史的゠巨視的に見ればミュッセのデビューは次のように位置づけられることになるだろう。

演劇への情熱

「ラマルチーヌとユゴーとヴィニーとをロマン主義詩壇の兄分とすれば、ミュッセはその弟分である。ミュッセは、新しい文学流派の擁護者たちのあいだの争いが落着いた一八二八年ごろに文壇に出入りし始め、ロマン主義が古典主義を打ち破って確立された時代にデビューした。」(フィリップ＝ヴァン＝チーゲム著／辻昶訳『フランス・ロマン主義』）
『スペインとイタリアの物語』は「確立された」ロマン主義の陣営にあっても物議を醸したことはすでに見たとおりだ。しかし実を言えば、若き領袖ユゴーを中心とするロマン派にはまだやらなければならないことが一つだけ残されていたのだ。ロマン派はすでに詩の分野では古典派を制圧していた。しかしまだ舞台を完全に制覇したとはいえなかったのだ。確かに、デュマの散文詩劇、ドラヴィーニュの韻文詩劇、ヴィニー訳のシェイクスピア劇などによってロマン派演劇は劇界に市民権を獲得しはじめていた。だが、生粋のロマン派の作者の手になる、韻文五幕からなる本格悲劇――古典主義の誇るコルネイユやラシーヌの傑作はこの形式で書かれた――がまだ上演されていなかった。古典主義の悲劇にも比肩しうるような傑作を、それも古典主義の牙城であるコメディー＝フランセーズで上演して喝采を得ること。これがロマン派の焦眉の課題であった。
現代の――特に日本の――文学的常識からするとなぜ舞台を制することがそんなに重大な意味をもっているのかがなかなか分かりにくいかもしれない。しかし当時にあっては演劇こそが最高の文学形式だったのである。あまたの文学志望の若者たちが舞台への夢を育んでいたのだ。あの大作家バルザックでさえ初めは五幕ものの韻文悲劇『クロムウェル』を書くことで世に認められようとした事実に徴してもその間の事情は察せられるだろう（一八一九年から二〇年にかけて書き上げられたこの作品は周囲の人たちから酷評され未来の文豪はやむなく心ならずも劇作を断念したのだが）。音楽においてオペラがそうであるように文学の最高峰は演劇だったのだ。いわば詩は外堀にしかすぎず、舞台が本丸ということだ。してみれば当時の文学的状況は外堀はすでに埋められたが、本丸がまだ残されていたということになるだろう。

処女詩集のなかの劇詩「火中の栗」などを見ても、ミュッセが劇作家的センスに恵まれていたことは衆目の認めるところだろう。それに、筆一本で生活しようとすれば詩よりは芝居の方が金になるということは当然ミュッセの念頭にあったはずだ。ミュッセが演劇へ熱き思いを燃え上がらせていたとき、あの文学史上有名な「『エルナニ』の戦い」が三〇年二月二五日に勃発する。コメディー＝フランセーズを舞台にした、古典派とロマン派の激しい応酬（サクラを動員しての野次合戦）は文学史上の語りぐさになっている。要するに要諦はロマン派の首領（ヴィクトル＝ユゴー）が待ちに待たれていた本格悲劇を演劇のメッカでついに鳴り物入りで上演したということなのだ。

不評に終わった『ヴェネチアの夜』

ところで、間もなく七月革命が起こる。この革命が詩人にいかなる影響を及ぼすことになるかはいずれ俎上に載せることにするが、ルイ＝フィリップ王の即位によるオルレアン王朝の復活は共和派にとっては期待はずれであったかもしれないけれど、演劇的見地から見れば王の低姿勢＝懐柔政策もあって言論・出版活動は比較的自由であり、演劇活動にとっては好ましい環境が用意されたといえるだろう。劇界にデビューするには絶好のチャンス

『ヴェネチアの夜』の挿画

だ（実は、ミュッセはすでに『悪魔の受領証』で挑戦を試みていた。上演の約束も取り付けていたのだが、按ずるにこの話は革命によって流れてしまったものらしい）。

ミュッセの才能を見込んだオデオン座の支配人アレルが詩人に前座劇向きの「可能なかぎり斬新で大胆な」作品を求めてきた。ミュッセはイタリアを舞台にした洗練された恋愛劇『ヴェネチアの夜』を書き上げた。

その内容をかいつまんで紹介すれば――

舞台はカーニヴァルの夜のヴェネチア。ドイツのさる王子と侯爵の姪ロレットの結婚話が持ち上がっている。王子の秘書官がまずやって来て、その夜遅く王子がお忍びで侯爵邸に到着する旨を告げる。ロレットの恋人ラゼッタは彼女に懸命に翻意を促す。ラゼッタは暗殺の決行をほのめかして立ち去る。一途ではあるが押しつけがましく粗暴な恋人と、自分の肖像画を見て結婚を申し込んできたフェミニストで礼節をわきまえた理想的な婚約者の間で娘心は揺れ動く。ロレットは迷いに迷いぬいた末に王子を選ぶことになる……。結婚の夢にあやしく乱れる若い女性の心理が一八世紀のマリヴォーを思わせる凝りに凝った気取った文体で描かれている。

この芝居は一八三〇年一二月一日にオデオン座で上演された。作者と支配人の予想に反して評判はさんざんであった。この作品は観客から罵声をもって迎えられたのである。

なぜこんなみじめな結果になってしまったのか。

確かについていない一面もあるにはあった。初演のとき、ロレット役の女優がバルコニーの欄干に近づき――生憎それはペンキ塗りたてだったのだが、それを知らずに近づいたのだ――白い衣装をべっとり汚してしまうという思わぬハプニングがあった。これから見せ場というときにこれでは興をそぐこと甚だしい。ただ、どうもこれだけが決め手ではなかったようだ。実をいえばこのハプニングの前から観客はすでにざわついていたのだ。確かにハプニングが観客の不満に油を注いでしまった点は否めないけれども。第二回目の興行も相変わらず不評だった。そしてこの芝居の三回目の公演はとうとう中止されてしまう。

この作品は確かに傑作とは言い難い。その証拠には、この作品のこれ以降の上演回数を見てもミュッセの作品にしては極端に少ないのだ。しかしながら、いま読み返してみても罵声を浴びせられるほどの失敗作とはどうしても考えられない。

「いま読み返してみても」と書いたが、実は「当時」と「いま」の好み（美学）の違いが問題だったのだ。当時の劇評は口をそろえて『ヴェネチアの夜』の対話のくだらなさ、あるいはわかりにくさを指摘した。いまならそれは洒落ていて機知に富むとの評価を得るはずなのだが。

『スペインとイタリアの物語』の時と同じように今回もこの作品の型破りな面が観客の顰蹙を

買ったのだ。そのあまりにも気取りすぎた文体と大胆なイマジネーションの跳梁に、ブルジョワ的感性はついていけなかったようだ。また、恋人の純情を振り切って玉の輿を選択するヒロインのあまりにも打算一本槍な心変わりが生真面目なブルジョワ道徳を逆なでしたという事情もあったかもしれない。

とにかく、ミュッセは観客の感性と知性に絶望する。彼は今後実際の上演を想定した劇作は断念することになる。読者の自由な想像的空間で演じられる、『肘掛椅子のなかで見る芝居』（＝一人きりで自由に見る芝居）だけを書くことになる。そこでは、現実の舞台の制約が全くないだけに作者のイマジネーションは奔放に自由に羽ばたくことになるだろう。

試行錯誤の年

ミュッセが演劇に情熱を燃やしていた時期は彼が自分の文学的立場を模索していた時期でもある。処女詩集の出版が引き起こした予想外の大きな反響を通じて詩壇のなかで自分がどんな位置を占めているかをミュッセは痛感したはずだ。読者の無理解はしばらく措くとしても、一時《いっとき》の興奮が冷めてみれば自分の作品集のいたらなさや欠陥ばかりが嫌でも目についてくる。内心忸怩《じくじ》たる思いだったにちがいない。

一八三〇年と三一年はミュッセにとって試行錯誤の年であった。この時期、彼にあってはめずらしいことであるが、詩人は自分の文学的信条を詩篇や散文のなかでかなり率直に表明している。

まず矢継ぎ早に発表された二つの詩篇、「ラファエルの秘めたる思い」(《ルヴュ－ド－パリ》誌一八三〇年七月号)と「不毛な願い」(同誌一〇月号)に注目しよう。この二つの作品のなかでミュッセはロマン派的熱狂から醒めて伝統への回帰を宣言している。いわば処女詩集の行き過ぎを反省しているわけだ。古典主義の淵源としてではなく、ありのままに見直された、人間的で豊饒な文学的伝統としてのギリシア、ラテン、イタリアの発見。それと「フランス的なるもの」の再評価。それはロマン主義と古典主義の総合の試みと言ってよいかもしれない。自分の抱負をミュッセは次のような簡潔な詩句に要約している。

ラシーヌは、わたしの食卓でシェイクスピアと出逢い、
彼らを許したボワローの傍らでまどろむ。　(「ラファエルの秘めたる思い」)

そして右顧左眄《うこさべん》することなく自己を見つめて自己を深く掘り下げることを唱道する。

(……)一つの存在しかない、
わたしが全面的に、かつ常に知ることができ、
わたしの判断が少なくとも保証はすることができる存在、

たった一つ！……わたしはそれを軽蔑しているが、その存在とはわたしのことだ。
（「不毛な願い」）

ミュッセはヨーロッパ的なものに立ち帰ることによって、フランス的なものを発見し、フランス的なものの発現を個（自己）のなかに探り当てたといえようか。ミュッセ流「温故知新」［＝古きをたずねて新しきを知る］である。それは普遍を個のなかに、個のなかに普遍を見るミュッセ的な「自我の解放」、自己の探求である（ちなみに「わたしはそれを軽蔑しているが」という付帯条件はミュッセの自己に対する醒めた目を示しているだろう）。

このミュッセの立場は、ニュアンスのちがいはそれぞれあるけれども民衆を、社会を、政治を声高に語り、民衆を指導する詩人の使命を唱道したラマルチーヌやヴィニーやユゴーとは著しい対照をなすものだ。そこには、七月革命がそれぞれの詩人に落とした影をうかがうことが出来る。ミュッセには銃を手に積極的に革命に参加したという勇ましい伝説もあるにはあるが、実際は傍観者として立ち会っただけのようだ。

ロマン派の大詩人たち

世にラマルチーヌ、ヴィニー、ユゴー、ミュッセを評して「ロマン派四大詩人」という。この種の呼称は当然のことながら無理な一般化をともなうが、それにしてもなぜかミュッセだけが妙にほかの三人から浮き上がっている印象を払拭しえない。『フランス・ロマン主義』の著者ヴァン＝チーゲムは「ミュッセは当時のどの詩人よりもみごとにロマン的な魂を代表している。彼は生まれながらのロマン主義者だった」と評している。おそらくこの評言のなかにミュッセの孤立を解く鍵が隠されているのだろう。ほかの三人の詩人に比べてミュッセはあまりにも純粋にロマン派詩人だったのだ。ミュッセは流派としてのロマン派ではなく生まれながらのロマン派だったのだ。この場合のリトマス試験紙は政治的関心だ。

ロマン主義とはもともと理想主義であり、観念論であり、個人主義である。その意味では夢を追い、神秘を追い、幻想を追ったドイツ・ロマン主義の方がより原型的であるといえる。フランス・ロマン主義の偏向が云々されるゆえんだ。スタンダールやバルザックといったリアリズムの大作家を輩出したことからも伺えるようにフランス・ロマン主義は写実主義＝現実主義的傾向が著しい。別言すれば政治や社会への関心が高いのだ。

もちろん、フランス・ロマン主義も初めから政治や社会へ目を向けていたわけではなかった。ラマルチーヌの『瞑想詩集』（一八二〇）からフランス文学は史上まれに見る抒情詩の隆盛を見た。このころラマルチーヌやヴィニーやユゴーは政治的には保守主義を奉じていた。しかしサント＝ブーヴやスタンダールやメリメのように自由主義を標榜する文学者もいた。しかしその政治的立場と芸術的立場は必ずしも連動していたわけではなかった。およそ次のような組合せが見られた。

㈠　王党派的古典主義
㈡　王党派的ロマン主義
㈢　自由主義派的古典主義
㈣　自由主義派的ロマン主義

要するに王政復古期の思想的混乱と文学的対立が抱き合わせになっていたのだ。これを逆に見れば、この時期のロマン派の詩人にとって政治的問題は本質的なものではなかった、あくまでも文学的問題が中心的関心だったということだ。「自我の解放」はどこまでも個人の次元に局限され、まだ社会的地平を得るには至っていなかった。個性＝主観の高揚こそが主たる眼目だった。本当の意味で社会が詩人の関心に取り込まれるようになるには七月革命を待たねばならなかった。

七月革命とロマン派詩人

革命を転機にラマルチーヌは政治の世界に目を向け、民衆の幸福のために働くことを思い立って、一八三三年には代議士に転身する。

ユゴーは「『エルナニ』の戦い」の直後にロマン主義を次のように定義する。

「ロマン主義とは、あれほどたびたびまずい定義がなされてきたが、全体として捉えるならば、そしてこれこそが真実の定義であるが、もしその戦闘的な面からのみ考えるならば、文学における自由主義 le libéralisme en littérature にほかならない。……芸術における自由、社会における自由、これこそが首尾一貫した論理的精神の持ち主すべてが同じ足どりでもって向かわなければならない二つの目的である。」（『エルナニ』序文）

　ここにおいてユゴーはそれまでの多分に芸術至上主義的で日和見主義的な立場をかなぐり捨てて、政治的にも進歩的＝革新的な姿勢をとることになった。詩人は自分の生きている世紀＝時代の「朗々たるこだま」たらんとする。詩集『光と影』（一八四〇）所収の「詩人の使命」のなかでユゴーは次のように歌いあげている。

詩人は不敬虔な時代にやって来て、
よりよい時代を準備する。
彼はユートピアの人。
その足はここにあるが、その眼は彼方にある。
（……）
民衆よ！　詩人の声に耳を傾けよ！
聖なる夢想家の言葉に耳を傾けよ！
彼がいないせいで真っ暗なきみたちの夜のなかで、
彼だけが光り輝く額をもつ！

（……）
森と波にそうするように、
神は彼の魂にささやきかけるのだ！

ここには、神から選ばれた人間であり、神の言葉を聴き取り、人類を導かなければならない詩人の高い使命がはっきりと示されている。

ユゴーの場合には詩人の社会的使命は楽天的に捉えられているが、ヴィニーの場合にはある種の屈折が見受けられるようだ。彼はひとり詩人の「偉大さ」を見るばかりでなく、その「屈従」をも見てしまうのだ。そこにはヴィニーの貴族的出自が大きくかかわっているようだ。

ヴィニーは一八二九年版『古代近代詩集』（初版は一八二六年）の序文において自己の詩的方向をはっきりと見定めた。ラマルチーヌのように流麗でメランコリックな星雲状の詩的世界でもなく、また、ユゴーのように明暗の対照法に基づく饒舌で雄渾な詩的世界でもなく、ヴィニーの追求しようとする詩的世界は思想的＝哲学的なものだ。そして名門貴族の流れを汲むヴィニーは当然のことながら政治的には正統王朝派に与し、ブルボン王家に対する忠誠の気持ちが強かった。

このような詩人が七月革命に大きなショックを受けたことは改めて言うまでもないだろう。ヴィニーは革命後の、ブルボン家支族＝オルレアン家のルイ＝フィリップの懐柔的な「中道政治」、ブルジョワ的政治体制にひどく失望し、政治的幻滅を味わう。完全に政治的信念を粉砕され、それまでの自分の政治的立場はもとより政治そのもの、政治のメカニズムそのものに深い疑惑・不信を覚えることになる。ヴィニーは政治というものの相対性、その移ろいやすさを自分の目で見届けたのである。

ではヴィニーは政治や社会の動きに背を向けてしまうことになるのか。そうではない。彼は政治や社会に対してかえって敏感になったと言えるかもしれない。政治的挫折のあとで詩人はさまざまな政治的偏見とすっぱりと手をきり、不偏不党の自由な中立的立場に自分を置くことになる。彼は揚言する。「今後はわたしの良識のみで判断することになろう、しかも厳しく判断することになろう」と。

ヴィニー

ところで、ヴィニーは七月革命後ほかの多くのロマン派詩人たちと同じくサン＝シモンやラムネーなどの影響を受けて詩人と社会の関係に思いをいたさざるをえなくなる。この頃の彼の日記に次のようなくだりが読める。「もっとも多数の階級の生活の改善、およびプロレタリアの能力と持てる者の財産との間の調和が現下の政治の問題である。」

見られるとおりヴィニーはきわめて強烈な政治意識・社会意識を持っていたことが知れるだろう。

だがヴィニーの場合、民衆の問題に関してはユゴーのように直線的にはいかない。平民出身のユゴーと違いヴィニーはフランス革命によって没落させられた名門貴族の末裔である。それだけに民衆に対する不信感・違和感はなかなか払拭しえない。同じ頃の日記に次のような言葉が読める。

「おお！　逃れるのだ！　人間たちから逃れ、数千の人間たちの間から選ばれた幾人かのエリートたちの間に引き籠るのだ！」

こうした強烈な政治意識・社会意識と民衆不信・民衆嫌悪、この相反する二つの傾向に引き裂かれながらヴィニーは社会における詩人の位置とその使命を追求することになる。その一応の結論は小説『ステロ』（一八三二）のなかに見ることができよう。

この小説のなかでヴィニーは人類の「星《ステロ》」として人々を導く使命を帯びた詩人と社会の関わりを取りあげている。しかしその結論は明るいものではない。この小説のテーマは社会はいかなる政治形態（王政・帝政・共和政）を取るにせよ、つねに詩人を圧迫するものだということに要約されるから。してみれば詩人の取るべき方向は次のようになるだろう。「詩的生活と政治的生活を切り離すこと」と。

詩人は高い使命を帯びながらも社会に受け入れられず、社会から疎外され「賤民」とならざるをえない宿命を刻印されている。ヴィニーは詩人が自ら進んでその「屈従」を引き受け、ストイックに耐え抜く自己犠牲的営為のなかにむしろ詩人の「偉大さ」を見ようとする。結局ヴィニーはサント＝ブーヴが評したように「象牙の塔」に立て籠ってしまうのだが、ただ詩人の高い使命、その社会における役割は信じて疑わなかったのだ。

ミュッセの立場

われわれがヴィニーに必要以上にこだわったのには訳がある。ミュッセはセナークルで相識になった文学者のなかでヴィニーにいちばん親近感を覚えていた。恐らくヴィニーの人柄もあったろうが、やはりその出自の近さのなせる業であったろう。二人とも貴族の末裔であった。だが、一方は誇り高い名門、他方はフランス革命やナポレオンをも受け入れる貴族らしからぬ異端。この違いが、ある地点まで同じコースをたどる二人を最後の最後で分けることになる。

「詩的生活と政治的生活を切り離すこと」――このモットーは両者に共通だった。ヴィニーはその上で政治を問題にし、それに係わっていった。それにひきかえミュッセは政治をばっさりと切り捨てることを選んだ。彼の政治に対する立場は一八三一年二月一日の《ル・タン》紙の記事に表明されている。

「もし思想が自身によってひとかどのものでありたいならばただちに行動と手を切らなければならない。文学が存在したいと欲するなら政治を真っ向から激しく攻撃しなければならない。さもないと両者は似てきて、現実が外観よりもいつも価値を帯びることになるだろう。〔……〕

この世紀にあっては率直でなければならない。自分が医者にも、弁護士にも、銀行家にも、司教にも、もぐりのブローカーにも、大臣にもなることができないとはっきりと確信するとき、要するに、自分がなんに対しても向いていない無能者だと内心確信を抱くとき、ひとは詩人になることができる。もっとも神への愛についても事情は同じだが。

詩人は自分について、友人たちについて、飲んでいるワインについて、現にもっている、あるいはもちたいと思っている恋人について、天気について、死者たちや生きている人たちについて、賢者たちや愚者たちについて語ることはできる。でも、政治に嘴を入れてはならない。」

ロマン派のほかの大詩人の選択を思うときこのミュッセの決断のもつ意味は重い。政治と文学を両立させようとするのは「不毛な願い」なのだ。政治を切り捨て文学に邁進すべきなのである。

この決断を前にしてわれわれはもう一人の詩人と革命との関係──二月革命だが──を思わずにはいられない。もう一人の詩人とはボードレールのことである。彼は『悪の華』所収の「聖ペテロの否認」という詩篇のなかで次のように歌う。

──そうだ、この私はといえば、心安らかに出て行くだろう、
行動が夢の姉妹《きょうだい》ではないような世界からは。
願わくは、剣を用い、剣によって亡《ほろ》びたいものだ！

『悪の華』の詩人は行動／夢の二項対立の間でかなりの逡巡をみせているようだ（この詩篇では行動へ傾いているが）。いずれにせよこのボードレールの例に照らしても、文学と政治、詩と行動――この二つをすっぱりと分断してしまったミュッセの結論の潔さは印象的である。

とまれ、ミュッセは二〇歳そこそこで自分の非政治的、非社会的旗幟《きし》を鮮明に掲げることになった。これ以降、政治や社会を捨象したミュッセは政治的幻滅を味わうことはないはずだが、別の幻滅や苦悩を味わうことになるだろう。

II　ロマン派の異端児

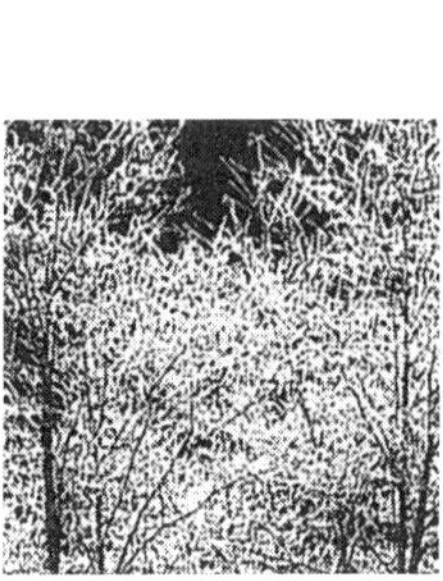

プロの文筆家として

父の死と詩作

ミュッセは一八三〇年から三一年の期間にすでに見たように自分の文学的立場を確立していった。この期間に発表された作品が批評的散文であったり、詩篇もすでに言及した「ラファエルの秘めたる思い」や「不毛な願い」のように論争的内容ものが多かったりしたのもうなずけるだろう。また、彼が新聞（《ルータン》紙）や雑誌（《パリ評論》誌）に寄稿する機会が多くなったことも注意していいことだ。

筆一本で自活するための態勢は順調にととのってきたと言うべきだろうか。しかし、そう言いきるにはまだ時期尚早のようだ。ミュッセはいまだアマチュア気分が抜けきらず腰がおちつかない。歓楽の巷を彷徨うことも相変わらずだった。そんな彼をしゃんとさせる事件が間もなく起こる。

一八三一〜三二年の冬にコレラの恐怖がパリを襲った。霊柩車が何台も通りを走りすぎる。夜は人通りが絶えて真っ暗になる。闇をよぎるのは救急車の灯火だけ。春には死者は日に一〇〇〇人を優に超えるようになった。そんななかミュッセ家にもついにコレラの死の影が覆った。四月八日、ミュッセの父親が死亡したのである。享年六四であった。

父親の死に直面してミュッセは一人前の男として立派に自活することを真剣に考える（兄のポールは当時陸軍省会計課の下級役人だった）。程なくして家族の経済＝財産状態は思いのほかよいことが判明したが、兄のポールの伝えるところでは当初アルフレッドは次のような一大決心をしたという。第一詩集を凌駕する詩集を世に問うこと、そしてその反響が自活の道を保証しないようであれば文学を即刻あきらめて、職業軍人になるだろう、と。彼は猛然と詩作に専心する……。このエピソードの真偽のほどは脇に置くとして、結果として二編の芝居、「杯と唇」と「乙女たちはなにを夢見るか」がわれわれに残された。

だが、今回もまた処女詩集出版の時と同様の事態が出来《しゅったい》した。この二つの作品だけでは必要な原稿のほぼ三分の二にしか達しないのだ。このたびもミュッセは新しい作品に着手した。そして、「マルドッシュ」を書き上げたときよりも短期間で「ナムーナ」を書き上げてしまった。この詩篇は埋め草として――埋め草というには長すぎるけれども――書き始められた作品であるが、立派な出来ばえである。

ところで、前回といい今回といいミュッセの筆の速さにはほとほと感心させられる。厳しい条件が課せられたとき、ものを書く人間はかえってペンの滑りがよくなるということが得てしてあるものらしい。バルザックが金回りのよいときにはさっぱり小説が書けず、債鬼に追いまくられ青くなったときの方が作品がすんなり書き上げられたという有名なエピソードが思い起こされる。窮鼠猫を嚙むではないが、人は追い詰められたとき思わぬ集中力を発揮する。作家と作品の関係は一筋縄ではいかないようだ。確かポール＝ヴァレリーだったと思うが、詩の規則が厳しいほど天才はその才能を開花させて傑作をものすといった趣旨のことをどこかで書いていた。

第二詩集『肘掛椅子のなかで見る芝居』　出版のめどがついたとき、ミュッセは親しい人たちを集めて「杯と唇」と「乙女たちはなにを夢見るか」の朗読会を開いた。朗読会は重苦しい雰囲気のうちに進行した。会が終わってメリメだけが作者に近づきそっと耳うちした。「きみは長足の進歩をした。とりわけ『乙女たちはなにを夢見るか』がすばらしかった。」

この三つの作品は『肘掛椅子のなかで見る芝居』と題されて一八三二年の末に刊行された（奥付では一八三三年）。処女詩集ほどの派手で目立った反響はなかった。黙殺か。だが、一八三三年一月一五日に《両世界評論》誌にサント＝ブーヴの長文の好意的な批評が掲載された。

ミュッセとサント＝ブーヴは友人であるが、この批評は単なる提灯持ちの記事ではなかった。サント＝ブーヴはロマン派のこれまでの流れのなかにミュッセを位置づけ、ラマルチーヌやヴィニー、ユゴーと比較しながら、また合わせて読者に処女詩集を思い起こさせながら『肘掛椅子のなかで見る芝居』の意味と価値を問うたのだ。この文章は、力量のある詩人の登場を喜ぶ批評家の辛口のオマージュだった。

サント＝ブーヴは「この書物はその著者をこの時代のもっとも力強い芸術家のあいだに仲間入りさせる」と持ち上げる一方で、ミュッセの詩句の曖昧さや韻の不十分さなどを指摘しながら苦言を呈することも決して忘れない。そして、その結論は次の文章に落ち着くだろう。

「しかしながら、どうやらあれこれ言い過ぎたようだ。細かいことはどうであれ、この目覚ましい二度にわたる仕事によって一人の新しい詩人がわれわれにとって十分に受け入れられ、確認されたのだ。かくして列は窮屈になり、フランスの詩の空は一杯になる。」

サント＝ブーヴは当時すでに批評家として文壇に重きをなしていた。その重鎮から確かなお墨付きを得たことは駆け出しの詩人にとって決定的な意味をもっていた。「この記事はミュッセの人生において画期的な日付を記す」とヴァン＝チーゲムはそのミュッセ論のなかで指摘するが、この言葉に誇張はない。

サント＝ブーヴ

サント＝ブーヴの記事は詩人に自信と勇気を与えただけではない。この記事に大いに興味をかき立てられた炯眼な編集長がいたのだ。この編集長はすぐに『肘掛椅子のなかで見る芝居』の価値とその作者の将来性を嗅ぎ分けた。フランソワ＝ビュロである。彼は二年前に創刊された《両世界評論》誌を引き継いだばかりで、才能ある寄稿者を捜しているところだった（彼は当時三〇歳だったが、新人を発掘するその才能には定評があり、新興の雑誌を一流誌に押し上げる原動力となった）。

ビュロはミュッセとコンタクトをとった。一八三二年八月以来ミュッセの匿名記事は《両世界評論》誌にたびたび掲載されたが、両者の間で正式の専属契約が取り交わされたのは四月二日のことである。これ以降詩人の作品はほぼ独占的に《両世界評論》誌に発表されることになる。この契約はミュッセにとって二重の意味で好都合だった。まず作品を発表する場が確保されたこと、ついで――こちらの方がより重大なのだが――安定した収入が約束されたことである。さらにもう一つ思わぬ余録があった。やり手の編集長はともすれば怠惰に流されがちな詩人を使嗾《しそう》し、多くの作品を書かせることになったのである。

こうして契約が成立するとさっそくミュッセの作品が《両世界評論》誌――ちなみにこの雑誌は月二回刊行――の紙面を飾ることになる。「アンドレ＝デル＝サルト」（四月一日）と「マリアンヌの気まぐれ」（五月一五日）がきびすを接するようにあいついで発表された。ミュッセはプロの文筆家への第一歩を力強く踏み出すことになったわけである。

合唱付き詩劇「杯と唇」

第二詩集はすでに見たように三つの作品からなる。詩劇「杯と唇」、喜劇「乙女たちはなにを夢見るか」、物語詩「ナムーナ」だ。順番にその内容を見てゆくことにしよう。

「杯と唇」はギリシア劇にもその例を見る「合唱」付き詩劇。近くはゲーテの『ファウスト』やバイロンの『マンフレッド』にその作例があるが、フランスでは珍しいケースだ（ミュッセはこの「合唱」という形式が好きで自分の芝居にこれからも何度か導入することになる）。チロル地方の猟師フランクの波瀾万丈の行状記。シラー的な書割にバイロン風な英雄が活躍する作品と考えれば分かりがいいだろう。詩劇の通弊だが、話の展開はかなり荒削りで、飛躍が多く、大味な作品だ。

フランクは典型的なロマン派的ヒーロー（スーパーマン）だ。彼は気性も激しく誇りも高い、直情径行の、衝動的な若者。激情に流されて自分の住む父の家に火を放ったり、ささいなことで人をあやめたりする。ただ体力と知能はともに抜群、出奔後入隊した皇帝軍では天晴れな手柄をあげ、隊長にまで昇りつめて、英雄となる。そんなますらおぶりを発揮するフランクだが、うちには屈託を秘め、自分と自分を取り巻く環境に強い疑問を抱く。ついに軍人としての栄光も名誉もかなぐり捨てて、自分の過去を厳しく断罪するに至る（自分を死んだと偽って僧になりすまして空の棺の前でおこなう旧悪暴露の場面はこの作品の圧巻だ）。

こんな男性的なフランクではあるが二人の女性が彼の心を悩ませる。一人は見知り越しの同郷の純情な少女デイダミア。彼女はひたすら自分の愛する男性を待つタイプ。もう一人はひょんなことから出会い、つきまとわれることになる奸婦ベルコロール。彼女は今は娼婦稼業に身をやつしてはいるが、もともとはフィレンツェの上流階級の娘で、父親が死んでお決まりの転落のコースをたどった淪落《りんらく》の女とか。

フランクは紆余曲折の果てにデイダミアのもとに帰り晴れて彼女と結婚する段取りとなる。ところが結婚式の当日、幸せに酔いしれる二人の前にベルコロールが現れ花嫁を短剣で刺し殺してしまう。

詩劇というジャンルの免れがたい欠点かもしれないが、主人公を始めとして彼を慕う二人の女性のあまりにも類型的な人物造型――直情径行のヒーロー、純情な処女、毒婦といった善玉・悪玉のはっきりしたキャスティング――のせいで主人公が力むわりには上滑りの感じは否めない。われわれの知る限り現在まで上演の記録はなく、劇作品としての出来はいま一つであるが、フランクは『ロレンザッチョ』のロレンゾを予告しているといえよう。またここで採用された「合唱」は『戯れに恋はすまじ』にも効果的に使われることになるだろう。

喜劇「乙女たちはなにを夢見るか」

「乙女たちはなにを夢見るか」はかなり変則的な二幕ものの韻文喜劇。「時と場所は各人がお望みのままに」との断り書きがあり、特定はできないし、またその必要もないのだが、さしあたりヴァットーの絵に描かれているような一八世紀風な雅な貴族的な世界を書割として思い浮かべればいいだろう。

公爵は友人の息子シルヴィオが大いに気に入っている。招待して、彼に娘を選ばせて結婚させるつもりだ。だが、シルヴィオは恋に手練手管は必要なしと考えている純情でうぶな青年。公爵は若い娘に気に入られるようにするにはどうしたらよいか未来の花婿に懸命に教え込むが、シルヴィオは懐疑的でその計画に二の足を踏んでいる。この計画に公爵がこうも熱心にこだわるのは、実は娘たちを軽薄な甥のイリュスと結婚させたくない一念からなのだ。娘たちがシルヴィオに夢中になればイリュスは結婚相手のリストから抹殺されるというわけだ。確かに一人は貧乏くじを引くことになるが、いずれ理想の相手を見つけることになるだろう。とにかくイリュスを選ぶよりはずっとましである。

公爵は二人の娘にシルヴィオからと思わせて手紙を送り届けて、逢瀬の段取りを勝手に調えてしまう。約束の時間に、黒マントに身を包んだシルヴィオが梯子を使って窓から忍び込む。その時あいにく不審な何者か（公爵がその役をつとめる）におそわれて傷を負ってしまう。こんな乙女心をわくわくさせるような筋書きが仕組まれる。細工はりゅうりゅうの筈だったが、肝心の剣戟《けんげき》の場面にイリュスが割り込んできて負傷してしまう。シルヴィオではなくてイリュスが娘たちの同情を誘って結婚相手に選ばれることになる……。もっとも大団円では——喜劇にはよくあるとってつけたような強引な大団円なのだが——、公爵の独断で姉のニノンがシルヴィオと結婚させられることになるのだが。思わぬ手違いが引き起こすドタバタ（純情なシルヴィオが一転して歯の浮くような甘い言葉でニノンを口説きはじめるのもご愛敬だ）と、娘たちの（理想の夫をめぐる）夢想のステレオタイプ性がコミカルなタッチで描かれる。

この小品は強いていえばマリヴォーの流れを汲む軽妙な喜劇だが、むしろ伝統から自由にミュッセがその本領を発揮した傑作といえるだろう。コメディー＝フランセーズでこれまでに二〇〇回以上も上演されている魅力的な当たり狂言である。

物語詩「ナムーナ」

物語詩「ナムーナ」は第一作品集の物語詩「マルドッシュ」がそうであったように、この作品も第二作品集の長い埋め草として書かれたものだ。もちろんこの符合は単なる偶然の結果にちがいないが、ただ二つの作品とも放蕩＝浮気がテーマになっていることは面白い（両者ともバイロン風な自由な詩節からなる物語詩という点でも共通性がある）。もっともヒーローはパリっ子ではなくてペルシア人（？）になってはいるけれども。

この詩篇は軽妙洒脱な語り口と自由な脱線が特徴でなかなかそのいわんとすることが摑みにくい作品である。その意味では多少ひとを食った作品だ。ふざけているかと思うと真面目になったり、これから結論的なことがいわれるかと思うと肩すかしを食らったり。話の本筋は若い放蕩者ハッサン（フランス語読みではアッサン）と、美しい奴隷女ナムーナの愛の物語になるはずなのだが、実はそれは口実みたいなもので（特に表題にもなっているナムーナは最後に申し訳ていどしか出てこない）語り手（ミュッセの分身？）の主に恋愛に関する所説が手を替え品を変えて披瀝される。

ハッサンは実はフランス人なのだが、「自分の肩書も、家族も、宗教もぼろ着のように海に投げ棄ててしまった」背教者だ。彼は敢えてオリエント風な行き方を選んだのだ。「月に二人の奴隷を市場で買う」イスラム的行き方を実践している。「この世で女は気晴らしにしかすぎない」というのが二〇歳の彼の信念だ。してみると彼は単なる肉体的な快楽を追う放蕩者にしかすぎないのだろうか。

語り手（ミュッセ）はハッサンをドン＝ファンになぞらえる。だがドン＝ファンは伝説的人物で、時代とともにさまざまな顔を見せる。ある手際よい要約を借りればドン＝ファン伝説は次のようにまとめられるだろう。

「ティルソ・デ・モリーナの戯曲の中で神を嘲る一七世紀の冒瀆者は、一八世紀の快楽主義者に変わり、生命と自由と幸福を追求する権利だけを求め、さらに一九世紀の理想主義者になり、その後、二〇世紀には、精神病の治療を受けるのにふさわしい症例に成り下がった。」（ジョナサン＝ミラー編／柴田裕之訳『ドン・ジョヴァンニ』白水社、一九九七年）

では「ナムーナ」の語り手＝ミュッセはどうか。彼はドン＝ファンには二つのタイプがあるという。一つはサミュエル＝リチャードソンの『クラリッサ』（一七四七〜四八）のラヴレイスのようなタイプで、「悪魔のように美しく」、非情で、冷酷で、エゴイストなドン＝ファン。もう一つはフランス的ドン＝ファンで、陽気で、楽天的な、どこにでもいるような小粒なドン＝ファン。しかし語り手はこの二つのドン＝ファン像を斥けて新たなドン＝ファン像を提起する。理想の女を求めて女から女へとさまよう、永遠の遍歴者、飽くことなき理想主義者としてのドン＝ファン。要するにすぐれてロマン派的なドン＝ファンである。

きみは無限の街道で希望に満ちて死んだ。
この地上に、おまえの歩んだあとに涙と血を
残すのをいささかも気にかけなかった。
空よりも広大な、生命よりも大きな
おまえは、不可能で、この世に存在しなかった者のために
おまえの美しさ、おまえの栄光、おまえの天才を失ったのだ。

そうなのだ、彼は愛するために、苦しむためにこそ生まれた愛の殉教者なのだ。だが、ハッサンはこうした理想化されたドン＝ファンと完全に重なるわけではない。ハッサンはいわば自分の追求の空しさをあらかじめ知っている醒めた愛の殉教者だ。

ドン＝ファンが愛したものを、ハッサンはたぶん愛した。

ドン＝ファンが求めたものを、ハッサンは信じていなかった。

ところで、ハッサンとナムーナの愛はどうなるのか。最後の最後（短い第三歌）で二人の出逢い（再会）が語られる。ナムーナはハッサンに買われたスペイン女。主人は例のごとく一時のあいだ可愛がったあとナムーナを故郷に帰してやった。そして二人は奇しくもまた奴隷市で再会。だがその後の二人の運命については「ナムーナ」の語り手は口をつぐみ、読者の想像力に委ねる。

しかし偶然は万能――そのなすところから
われわれはしばしば知った、栄光が一日であるように、
この世の幸せは一夜のことである、と。

ハッサンとは実はミュッセその人であると見なすべきだろう。遠いペルシアのことに仮託してミュッセは自分の問題を語っているのだ。理想の恋を求めて幻滅し、かりそめの恋で傷心を癒す。情熱恋愛と気晴らしの恋。この物語詩が提起している愛と放蕩の関係はミュッセの重要な問題となるはずである。「ナムーナ」において詩人は間接的ではあるが初めて自分のテーマを語りはじめた――本心を洩らしはじめたといえるだろう。

霊感の詩学

ロマン派からの離脱　第二詩集はおのおの特色のある三つの作品からなるが、第一詩集のようなバラバラな印象は受けない。なぜだろうか。第一詩集が長短さまざまで、形式も多様な一五編から構成されていたのに比べて、形式的にはともかくほぼ均等な長さの三編からなっていて、いわば三題噺的な安定が感じられるせいかもしれない。しかし、それだけではないだろう。ことは内容的なもの、質的なものにも係わっているはずだ。いわば第一詩集は大風呂敷を広げた感じで、あれもこれもと欲張っているところがある。しかし第二詩集では自分の分を知り、守備範囲をぐっと絞った感じだ。

わたしの杯は大きくない、しかしわたしは自分の杯で飲む
（「『杯と唇』の献辞」）

ミュッセはロマン派の戦場を駆け回ることをやめた。彼はいわばロマン派の戦線から離脱する。彼は昨日の隊友に背を向ける。彼はロマン派の大先輩の感傷主義を批判さえする。

きみはわたしに自然が好きかどうかたずねるだろう。
好きだとも。（……）
しかしわたしは嫌いだ、泣き虫や、小舟の上の夢想家や、
夜の、湖の、滝の恋人たちは。（「『杯と唇』の献辞」）

ここに想定されている詩人は『瞑想詩集』のラマルチーヌで、ロマン派の代表として召喚されている。

予想に反してミュッセは、これまでの二冊の詩集のなかで自然描写はないわけではないけれども、ロマン派に特有の、感情移入的な自然描写や、魂の慰撫者としての自然への呼びかけはまったく見られない（慰め手としての「美しい自然」というロマン派神話についてはいずれ取りあげることになるはずだ）。ミュッセは自然にはほとんど注意を払わない、すぐれて都会的なセンスをもった詩人だと言えようか。

これまで見てきたことからも分かるようにミュッセは第一詩集から第二詩集のわずかの間にかなりな路線変更を敢行している。この点は重要なので、第二詩集には収録されなかったけれども平行した時期に書かれた作品を視野におさめながらもう少し掘り下げることにしよう。

「彼の偉大な主義」

ミュッセの非政治的な姿勢についてはすでに「ラファエルの秘めたる思い」と「不毛な願い」とを通じて指摘した。彼の立場は要するに詩人は天下国家を論ぜずということだ。この点をミュッセは、友人アルフレッド＝タテへの献辞というつつましい形式はとっているが、実は大胆な詩法の「宣言」と見て差し支えない「『杯と唇』の献辞」で再確認している。

わたしは平和も戦争も一度も歌ったことがない。
わたしの世紀が間違っていても、わたしにとってほとんどどうでもよいことだ。

この立場はラマルチーヌやユゴーなどの政治参加の姿勢と鮮やかな対照を示しているといえるだろう。ではミュッセはなにを語るのか。なにを歌うのか。すでに確認したように自分をである。

（……）一つの存在しかない、
わたしが全面的に、かつ常に知ることができ、
わたしの判断が少なくとも保証はすることができる存在、
たった一つ！……わたしはそれを軽蔑しているが、その存在とはわたしのことだ。

（「不毛な願い」）

さらに言えば自分の心に耳を傾けることだ。ミュッセは「ラマルチーヌを読みながら自分の額をたたいていた」友人に次のように忠告する。

ああ！　きみの心をたたくのだ。そこなのだ、天才が宿っているのは。
憐れみが、苦しみが、愛があるのはそこなのだ。　（「わが友人エドゥアール・Bへ」）

心を歌うこと。喜びであれ、悲しみであれ、苦しみであれ、怒りであれ、自分の思いを素直に吐露すること。ミュッセの文学の原点はここにある。発作的だ、感傷的だ、挑発的だと非難を浴びながらも、彼の作品が常識に、ではなく自分に忠実な読者、つまり多くの若者たちの心を捉えるのは――デビュー当初からミュッセの作品は若い読者に迎えられたが、この傾向はその後も現在まで変わらない――その真摯さ・率直さの故なのである。

このロマン派の「駄々っ子」を少々持て余し気味の、規範的な文学史にも次のような記述が読めるのは興味深いことだ。

「彼の偉大な主義、――彼の唯一の主義、――それは、すべての文学作品は己れの心を打ち明けて読者の心に沁み込ませることに在るという点である。感動しながら感動させなくてはならない。そしてもし感動が真摯な打ちとけたものであるならば、それの形式などは大して重要ではないのだ。《マルゴが涙を流したメロドラマ万歳！》である。従ってミュッセはまったくありのままであった。テーヌは彼を評して曰く、『この作者は少なくとも絶対にうそはつかなかった。彼は自分の感じていることだけを話した。しかもそれを自分の感じている通りに話した。彼は思っていることをそのまま口に出した……』」（ランソン、テュフロ共著／有永弘人ほか訳『フランス文学史II』。漢字は新字体に、仮名遣いは新仮名遣いに改めた）。

この文章に注釈を付け加えておけば、文中のテーヌの引用は有名な『英文学史』（一八六三）からのものである。

もちろんこの主義は諸刃の刃である。その欠点についてここでくどく言い立てるつもりはない。それは改めて言うまでもないことだから。ただここで注意をうながしておきたいのは良きにつけ悪しきにつけこの主義がミュッセの詩的世界を著しく局限することになる点だ。そのため確かにミュッセの詩は純粋になり、深まったが、その反面詩想の枯渇の危険をともなうことになった。この危険は当分は問題化しないが、この詩人が三〇代を過ぎると急激に創作力が衰えた理由の一つがここにあると言えるだろう。

愛の不幸

話が少し先走ったようだ。今の話柄に即して問題の主義を見れば、ミュッセの詩はますます恋愛に収斂してゆくだろうということである。日本の王朝文学でいう「世の中」を歌うこと。ミュッセはますらおぶりを斥け、たおやめぶりを敢えて選び取る。第一詩集でも過半の作品は恋愛をテーマとしていたが、第二詩集ではすべてが恋愛ものである。ミュッセにとってはすべては恋愛に帰着するといっても過言ではない。すでに見たように一七歳の時に「ポエジーはぼくのなかで恋愛の姉妹である。一方が他方を生み出させる。彼らはいつも手を携えてやって来るのだ」と揚言した人間としては当然すぎる結果かもしれないけれども。彼は言う。

この世のすべてを疑うがよい、だが愛は決して。
（……）
お望みなら、あなたを愛しているものを疑うがよい、
女や犬を、しかし愛そのものをではない。
愛はすべてだ……
（「『杯と唇』の献辞」）

まさしくこれは恋愛至上主義と呼ぶにふさわしい。愛や恋愛を歌うのはロマン派に共通の傾向で、なにもミュッセの専売特許ではないと反論する向きもあるかもしれない。だが、予想に反してそう

とばかりは言い切れないようだ。確かに、ほかのロマン派の詩人たちも恋愛を歌った。いや、歌いすぎるほど歌った。しかしその歌われた愛＝恋愛とはどういうものであったのか。というよりかミュッセはほかのロマン派の詩人たちとは違ったふうに恋愛を歌ったと言い直すべきか。このあたりの事情についてはポール＝ベニシューの次の文章が委曲をつくしている。

「その愛――彼の唯一の主題だ――は愛の挫折だ、ミュッセにあって愛人との関係は苦しみの確実な源泉であるから。彼のまわりでは彼の偉大なる先輩たちが幸福な愛を歌っていた。エルヴィールの死はラマルチーヌにとって愛の不幸ではない。彼は自分が愛されたと知っているし、天国で、また、彼の読者たちの思いのなかで自分が愛されつづけると思っているからだ。ヴィニーはエヴァに語りかけながら、霊感を与える女と創造し働きかける男との役割分担を調和的に定義している。彼は精神的交わり〔＝一致〕、二人の生活を描く。しかしながら彼の実際の体験はそうではなかったけれども。しかし彼のポエジーはその体験を超えて理想を言うことを己の役割にするのだ。ユゴーについていえば愛は饒舌なエクスタシーの連続だ。一人前の大人になったとき、婚約者への手紙がトーンを決め、そのトーンはその後対象が変わってもそのままで、生涯にわたって維持されつづける。現代詩の一句に逆らって、フランス・ロマン派の大いなる詩篇においてはミュッセを別にすれば不幸な愛は存在しないと言えよう。」

ベニシューの上の説明を別の言葉で言い直せば、ミュッセには恋愛（女性）の理想化はないということだ。

二つの顔をもつ不可思議な存在

ミュッセはこれまで手をかえ品をかえ恋愛を描いてきた。彼の恋愛の特質を見るためにここで簡単に復習しておこう。

『スペインとイタリアの物語』では女の不実や残忍さがすでに描かれていた。「ドン＝パエス」中の美貌の伯爵夫人は恋人を裏切って浮気する。「火中の栗」中の踊り子カマルゴは復讐の鬼と化した恐ろしい女で、自分から離れてゆく男を殺害させる。「ポルチア」中の主人公は自分に愛を誓う伯爵夫人を信用しきれない。「マルドッシュ」のなかでは貞淑なはずの人妻が若い男の求愛にいとも簡単に陥落してしまう。『ヴェネチアの夜』では「波のように浮気な」女心が描かれ、「杯と唇」では恋敵を刺殺するに至る奸婦ベルコロールの妄執が描かれている。「乙女たちはなにを夢見るか」は移ろいやすい乙女心を諷している。

こう見てくると、ミュッセにとって女性は男性の理想的な伴侶とはいえないようだ。女性とは魅惑の対象でもあり、恐怖の対象でもある、天使と悪魔の二つの顔をもつ不可解な存在だ。幸福の源泉であるよりはむしろ苦痛・苦悩の源泉としての女。われわれはミュッセを、ロマン派の詩人よりはむしろボードレールに近づけることができるようだ。創作＝精神の苦しみを紛らすために官能的忘却＝肉体的快楽を求めて娼婦のもとに走る詩人。

おまえの唇をぼくに与えよ、ジュリー。
おまえを青ざめさせた狂おしい夜のせいで
輝く珊瑚は乾いてしまった。
おまえの息吹で唇を香しくせよ。
アフリカの女よ、わたしに与えよ、
おまえの美しい純血の唇を。　　（「ジュリーに」）

この詩句はわれわれにマラルメの初期詩篇、ボードレールの影響下に書かれた「苦悩」の次の詩句を思い出させる。

おまえのベッドにおれが求めるのは、悔いを知らぬ
カーテンの下を舞う　夢を見ることもない深い眠りだ、
虚無については死者たちよりも明るいおまえだからこそ、
あくどい嘘のあとで味わうことができるあの眠りだ。

ミュッセは女性を理想化することなくその肉体的側面＝悪魔的側面をも直視しようとする。この

意味では「ナムーナ」のなかのマノン＝レスコーへの賛辞は注目に値するだろう。

なぜマノン＝レスコーは第一幕から
すでに逢ったことがあり、それが肖像画だと思えるほどに、
かくも生き生きと、かくも真に人間的なのか。
そしてなぜエロイーズは人から愛されはするがその存在が信じられない、
誰ひとり識らない空しい影であるのか、
ああ！　夢想家よ、ああ！　夢想家よ、われわれはおまえたちに何をしたというのか。
（……）
マノンよ！　驚くべきスフィンクスよ！　真のサイレーン、
真に女性的な心、囚われのクレオパトラだ！
（……）
なんとぼくはおまえを信じることか！　なんとおまえを愛し、憎むことか！
なんという邪悪さ！　黄金と快楽とへの
なんという未聞の情熱！　なんと全生涯が
おまえのほんのわずかな言葉のなかにあることか！　どんなにおまえが狂的でも、

もしおまえがいまもなお生きているなら、明日にもおまえを熱愛することだろう！

この情熱恋愛礼讃の詩句は熱っぽく、毒を含んでいる。恋愛はすべてを超越する。宗教も道徳も。情熱恋愛の讃美は非常に危険な思想を内に含んでいる。ミュッセの詩がブルジョワ的読者の神経を逆なでするゆえんだ。ミュッセはマノン＝レスコーのような魔性の女の出現を待っているのだろうか。

それにまた注目すべきは、ミュッセは女性を征服すべき対象とは見ず、問いかけるべき謎に満ちた存在と考えているということだ。女性は対等のパートナーなのだ。この女性に対する目線の低さ――この女性に額ずく受動的な姿勢は、彼の言葉に対するそれとも微妙に関わってくることになるだろう。

ミュッセの詩学

ミュッセに対する批判はこれまでも断片的に見てきたが、それらをここでまとめれば次の二点に集約されるだろう。一つは内容的に姦通だとか、放蕩とか、毒殺だとかといった公序良俗に反する好ましくないテーマを歌っているという良識派から発せられる道徳的批判。この点に関連して一九世紀の前半期は現在よりも宗教的、倫理的規範が格段に強かったということを注意しておきたい。この時代は離婚すらも建前としては認められなかった時代であったのだ。もう一つは形式的な問題に関わるもの。さしあたり問題にしたいのはこちらの方だが、その最大公約数的なものはランソンの次の批判ではないだろうか。

「芸術家は完全無欠ではない。ミュッセには生まれつきの才能の不足に加えるにダンディズムの軽蔑が見られた。投げやりで不十分な脚韻、ルーズな文体、即興性、不正確、曖昧さ、そして時には意味不明、こんなにも若い詩人にしては真摯なレトリックと思いたいが、でもそうはいってもやはり目に余る冗漫なレトリック、少々息切れのする息の短い才気煥発、以上がミュッセの不完全さの幾つかだ。彼は構成ということをばかにしている。じっさい、大きな作品を組み立てることは彼にはほとんど不可能だ。要するに、構成力の不足は創意の欠如に通じるのだ。」

しかしこの韻律法や表現法に対する違犯あるいは無頓着さは、実はないものねだり的な論難であることも認めないわけにはいかない。ミュッセ本人がそんなことを端《はな》からまるで問題にしていないのだから。ここでどうやらわれわれはミュッセの詩学を真っ直ぐに取りあげなければならない地点にやってきたようだ。その詩学は本人が思っていた以上に、また同時代の人々が思っていた以上に時代に先駆け、現代的な問題を投げかけているようだ。

ミュッセの詩学はすでに何度か言及した「『杯と唇』の献辞」のなかに凝縮されている。

人は働きかけない、——人は聞く——人は待つのだ。

それはさながらに未知のものが小声で人に語りかけるよう。
時には人は一晩中そのままじっとしている、
身動きもせず振り向きもせずに。

ここに語られているのは霊感のことだ。ミュッセは霊感のままに詩作する詩人であるとすれば、韻律や通常の表現法を踏み外したり、語と語の間に飛躍や矛盾が見られたり、曖昧な語句や意味不明な表現があったりしてもむしろ当然ではないのか。彼は、「未知のもの」が小声で語りかけることに耳を傾け、それを書き留める。しかし書き留めたものに働きかけること、つまり大幅な訂正はしない。彼は綿密な構成を立て、詩句を彫琢する古典主義的詩人とは本質的に無縁な詩人であることが分かる。してみればミュッセの文体のルーズさを鬼の首を取ったように論難することは見当違いであるばかりでなく、かえって詩人の霊感に対する忠実さを追認しているようなものだ。これまで何度か確認したようにミュッセの筆が速かったのもこれで納得がゆく。もう少し後になるが兄のポールが名作「夜」の連作に触れて、ひとたび霊感が訪れると熱にうなされたように弟が執筆に没頭して夜を明かし、霊感が去るまではそのような昂揚状態が去らないことを何度か伝えていることを付言しておこう。

ミュッセの詩句のルーズさに対する批判については以上の説明がその答えになるはずだ。だが、ミュッセにおける霊感の問題はさらなる地平をもっている。それはミュッセの詩作ばかりでなくその生き方にも深く関わっているのだ。

霊感と詩人

霊感は恩寵のようにやってくる。霊感を享受するには詩人は限りなく自分を空しくしなければならない。そのとき詩人は死者の声を呼び寄せる霊媒にも似た憑依《ひょうい》状態になる。そのとき詩人はいわば化学変化における触媒にしかすぎない。無意識の底から語りかけてくる呟きに耳を傾けること、それが詩人の務めだ。だとすればそうした特権的瞬間、恩寵にも比すべき状態を手をこまねいてただ待つだけでなく、よりしばしば招来させ、永い時間持続させようと詩人が切望するのはむしろ当然の成行きだろう。だがそれは可能なことなのだろうか。その問いに答えるには霊感説の歴史的背景をきちんと押さえておく必要がある。

霊感説は文学の歴史とともに古い。古今東西を問わず一般民衆の間では詩人を悪しき狂人と見做す風潮が存在した。詩人を何かに憑かれた常軌を逸したおぞましい人間と見做すわけである。民衆は途方にくれて詩人に狂人というレッテルを貼って異界に封じ込めてしまおうとする。

だが、その一方でそれとは別に詩人を聖なる狂気＝霊感に憑かれた人間と見做す伝統も古くからある。この伝統について博覧強記の文化史家E＝R＝クルティウスはつぎのように証言している。

「詩人の聖なる狂気の論は周知のようにプラトンの『パイドロス』に説かれている。［……］しかしい、より漠然とした形では古代末期のいたるところに見出され、古代神話のほかの付属物と同様に、常套語として中世に入った。［……］『詩人の狂気』論の根底には、詩を聖なる（numinos）霊感とみる深い思想がある。」（南大路振一ほか訳『ヨーロッパ文学とラテン中世』みすず書房、一九七一年）

プラトンは、詩人の不可思議な能力ゆえに自分の構想する理想国から詩人を追放することになるが、その一方でその「聖なる狂気」を評価もした。プラトンによれば詩人は神の言葉を繰り返す特別な人間にほかならない。してみればすでに見たユゴーらの詩人像――神の言葉を聴き取り、人類を導かなければならない選良としての詩人――は霊感説の近代版であったということに思い当たる。もちろんこうした人類の指導者＝詩人という発想――サルトルの「アンガージュマンの文学」の先駆だ――はフランス独自のもので、そこには民衆を啓蒙する「哲学者」という一八世紀の百科全書派の影響を見ることができるだろう。すでに見たようにミュッセにはユゴーらの政治性や社会性はまったく見られないが、それにしても根本においてはミュッセもまた「聖なる狂気」に連なる詩人であったことは否定できない。

ここに興味深い事実は、のちにミュッセと運命的な恋に陥ることになるジョルジュ＝サンドもやはり同じような霊感説に立つ作家であることだ。彼女はフローベールが呻吟しつつ書くことに驚いて、一八六六年一一月二九日の手紙のなかで自分の創作方法について次のように説明している。

「好みのままに風がわたしの年古《としふ》りたハープを演奏する。風は高音や低音や粗野な音や調子はずれの音を出す。結局のところ、感動が来さえすれば、そんなことはわたしにとってどうでもよいこと。ただ、わたしはわたしの内に何も見出すことが出来ない。巧みにであれ拙くであれ、気ままに歌うのはまさしく他者（l'autre）である。そのことを考えようとすると、わたしは恐怖に襲われ、自分がまったくなきに等しい（rien）と思う。……」

ミュッセは「未知のもの」といい、サンドは「他者」というが、その意味するところは一体なにか。ミュッセはそれを明確に語ることができなかった。彼は自分の詩作法を理論的に検討することはしなかったし、またやろうにも出来なかったにちがいない。彼は直観的に自分の信ずるところに従っただけなのだから。それを詩人の怠慢だと難詰することはないものねだりというものだろう。そのないものねだりをしてロマン派を批判したのがアルチュール＝ランボーである。かの有名な「ヴォワイヤンの理論」はミュッセの霊感説の有益な注釈といえなくはない。

ランボー

ランボーとミュッセ

ランボーは揚言する。

「ロマン主義がちゃんと評価されたためしはありません。いったい誰がそれに評価を下すことができたでしょうか。批評家たちですか！　ロマン主義者たちでしょうか。ロマン主義者たちは、歌が製作（œuvre）、すなわち歌い手によって歌われ、そして理解された思想、であることがはなはだ稀《まれ》であることを証し立てています。

　というわけは〈われ〉とは他者だからです。銅が目覚めてみるとラッパになっているとしても、それはぜんぜん銅の落ち度ではありません。このことはぼくには明らかです。ぼくは自分の思想の開花に立ち会っているのです。ぼくはそれを見守り、それに耳を傾けます。ぼくが楽弓を一ひき弾ずると、交響曲が深みで鳴りはじめるのです、あるいは舞台の上に躍り出てくるのです。」（一八七一年五月一五日付ドメニーあての手紙）

　ランボーはここで詩的創造には詩人自身にとっても未知な存在（他者）が関わっていることを主張している。現代的な言葉で言い直せば詩的創造においては無意識が語るのであり、詩人はその無意識の声に素直に耳を傾けなければならないということだ。ただここで注意すべきは、ランボーは「無意識は語る」という事実の発見で満足しなかったということだ。その発見に満足したとすれば、どんなに大見得を切ろうともランボーは古くからの霊感説を踏襲し蒸し返しているにすぎないのだ。だが彼はさらにもう一歩踏み込んで「歌が製作（œuvre）、すなわち歌い手によって歌われ、そして理解された思想、になること」を要求するのである。つまり、ランボーは手をこまねいて霊感の訪れを待つことに甘んじず、自ら進んで霊感を意識的に誘《おび》き寄せようと働きかけるのだ。彼は方法的に自分を「自分の思想の開花に立ち会」わせようとする。力ずくで無意識をして語らせようとする。無意識を語らせるための方法、それが鳴物入りで喧伝されたあの「全感覚の錯乱」にほかならない。

「詩人はあらゆる感覚の、長期にわたる、大がかりな、根拠のある錯乱によってヴォワイヤンとなるのです。あらゆる形の愛や苦悩や狂気。彼は自分自身を探求し、自分のなかですべての毒を飲みつくし、その精髄だけをわがものとします。それは、このうえない信念、このうえない超人的な力を必要とする言語に絶する責苦であって、そこで彼はとりわけ偉大な病者、偉大な罪人、偉大な呪われ人となり、――そして至高の賢者となるのです！――なぜなら、彼は未知なるものにたどりつくからです！　それというのも、もともと豊かな魂に、だれにも負けないくらいさらに磨きをかけたからです！」

　要するに「全感覚の錯乱」は日常的な自我を扼殺《やくさつ》するための荒療治にほかならない。ショック療法にほかならない。〈われ〉を解体し、〈他者〉としての〈われ〉を引き摺り出すことが問題なのである。

「愛」の試練

　こうした長い迂回のあとで改めてミュッセの次の文章を読み返してみよう。これまで一度ならず引用した文章は面目を一新するはずだ。

ああ！　きみの心をたたくのだ。そこなのだ、天才が宿っているのは。

（「わが友人エドゥアール・Bへ」）

ミュッセがここで使用している「心」は深い意味を帯びていることが今や諒解されるだろう。「心」は現代の言葉で翻訳すれば「無意識」のことだ。無意識が語るようにするために無意識に振動＝ショックを与えなければならないと詩人は友人に——つまり自分に——忠告しているのだ。これが牽強附会の解釈ではないことはもう少しあとの時期の作品からの次の引用でも確かめられるだろう。

自分の心のなかに自分の天才のこだまを聴くこと

（「即興詩」）

ではランボーの「全感覚の錯乱」に相当する明確で意識的な方法論はミュッセのなかにあるのだろうか。あるとも言えるし、ないとも言える。ランボーのように自覚的に計画的にその方法を実行したかと言えば、答えはノーだ。しかし最初は気づかなかったけれども、そのうち次第に体験的に体得して、最後にはかなりその輪郭を捉えたという意味では答えはイエスである。とにかく、ミュッセ自身が「心」の場合と同じように非常に曖昧な言い方をしているのだ。彼は「苦悩」

souffrance という。

だがミュッセの《苦悩の詩学》を問題にするのは時期尚早だ。われわれはもう少し時の経過を待たなければならない。「苦悩」の前にまず「愛」がある。「愛」の試練がある。ミュッセにとって霊感は詩女神という形ではなく、まずは一人の生身の女性という形で訪れることになる。ヴォワイヤン＝ランボーの「全感覚の錯乱」は「地獄の季節」の招来にほかならなかったが、ミュッセの霊感の詩学は「恋の季節」を呼び寄せることになる。恋の葛藤のなかで「苦悩」の錬金術が練り上げられてゆくことになるだろう……。

III　世紀の恋

ジョルジュ＝サンドに恋して

ミュッセとジョルジュ＝サンドの恋愛をめぐってはこれまでにもすでにおびただしい量のインクが流されてきた。この事件では当事者の二人もフィクションという形ではあるが積極的に発言している点——ミュッセは『世紀児の告白』、サンドは『彼女と彼』——が興味をかき立てるが、さらなる混乱を招くもとになっていることも否めない。この世紀の恋に関しては非常に重大視する立場とあまり価値を認めない立場とがある。

恋愛をめぐって

ではまず、それぞれを代表する発言に耳を傾けてみよう。

初めに否定的立場——「ミュッセの文学的創造においてヴェネチアのアヴァンチュールは世人がしばしばそう信じたほどには重要な役割は演じていないだろう。」（フィリップ＝ヴァン＝チーゲム）

次に肯定的立場——「いずれにせよ、この恋の歴史は、ぜひ理解しなければならないのだが、ミュッセの作品の外に位置すると見なせるような伝記上の一エピソードではない。この歴史のなかに彼の人生と彼の詩の諸問題が合流しているのだ。」（ポール＝ベニシュー）

もしこの二つのどちらを支持するのかと問われればわれわれとしてはベニシューに与したいと思

う。歴史に「もし」という仮定は禁句だろうが、もしジョルジュ＝サンドがミュッセと知り合わなかったとしても彼女の文学の本質は恐らくそれほど変わりはなかったにちがいない。ミュッセには酷な言い方になるかもしれないが、ジョルジュ＝サンドにとってはミュッセとの恋は彼女の多くの恋の一つ——むろん大きな一つではあるけれども——にしかすぎなかった。

しかしながらミュッセの場合には事情はまったく別だ。もしこの恋がなかったらと仮定するとなにかしら空恐ろしい気がする。これまで見てきた詩篇や芝居から判断する限り——時期的には『アンドレ＝デル＝サルト』『マリアンヌの気まぐれ』、長詩「ロラ」（すでに書かれていたと考えられる）を含めることができる——、皮肉（諧謔《かいぎゃく》精神）と機知（自由奔放なイメージ）に満ちた気取った洒落た作品と、芳しくない艶福《えんぷく》家のエピソードしか残らなかったのではないだろうか。要するにロマン派の大詩人ではなく、「小詩人」としてのミュッセである。

ここで一言注意しておきたいがミュッセは、後年劇作が評判をとってからはなるほど有名になったが、ある時期まではごく一部の読者（若い人が多かった）にしか知られていなかったのだ。従ってジョルジュ＝サンドと出逢ったときのミュッセはむしろダンディーなプレイボーイとしての評判の方が先行していたのだ。

われわれはミュッセとサンドの恋を重大視する立場ではあるが、この恋愛によって詩人は初めて恋愛のなんたるかを知った、この恋がミュッセの恋愛へのイニシエーションであったなどとは毛頭

ジョルジュ＝サンド

考えていない。この恋はミュッセの初めての恋ではなかったし、彼はサンド以前に多くの女性を知っていた。ミュッセは恋愛の場数は十分に踏んでおり、恋愛についての考え方、つまり恋愛哲学もすでにほぼ固まっていたと見做して一向に差し支えない。ただ、自分と対等に語り合える「理想の女性」と邂逅するチャンスには恵まれていなかったのだ。

大恋愛の前触れ

すでに見たようにミュッセは恋愛がすべてだという恋愛至上主義を掲げていた。しかしその一方で恋愛（女性）の多面性を知悉していた。理想の恋愛（女性）を求めながらもなかなかそれが実現せず、現実には裏切りがあり、心変わりがあり、嫉妬があるという修羅場も嘗めていた。はっきりと実証されてはいないのだが、ミュッセには一八歳か一九歳の頃にすでに言及したド＝ラ＝カルト侯爵夫人との「不幸な恋」の体験があったようである。この時ミュッセは年上の女性に踊らされて、シャンドリエ（本当の愛人をカムフラージュするための見せかけの愛人＝隠れ蓑）にされたらしいのだ。『世紀児の告白』第一部三章の冒頭で問題になっている、一九歳の時の体験（人妻の裏切り）がそれだ。とにかくミュッセにはある種の不幸な恋の体験、「不実な恋人」の存在を指摘することができるのだ。

むしろ理想の恋愛（女性）を求めるがゆえに裏切り（心変わり）の問題が先鋭化するのだと言い直すべきかもしれない。完璧を求める余り、わずかの瑕瑾《かきん》も許し難いのだ。その潔癖主義ゆえにかえって恋愛（女性）に絶望し、かりそめの恋に奔《はし》ってしまう。理想の恋愛の対極として放蕩の問題が繰り返し繰り返し問題になってくる。彼のドン＝ファン主義は単なる「放蕩」の宣言ではなく「絶望＝無神論」の宣言でもあるのだ。

無神論の宣言「ロラ」

「ナムーナ」のなかで問題になったドン＝ファン主義の問題をさらに発展させた作品が「ロラ」だ。特にこの作品では放蕩―無神論の図式が前面に出ている。しかもこの作品はミュッセがジョルジュ＝サンドと出逢った時期の前後に書かれているのだ。つまり「ロラ」は、ミュッセがサンドに初めてあったときになにを考えていたかを伝える作品だということだ。

「ロラ」は一八三三年八月一五日の《両世界評論》誌に最初に発表された。この作品はミュッセの作品としては珍しく初めから割と多くの読者に好意的に受け入れられた作品だ。なぜだろうか。それは多分、これまでのミュッセに特徴的な持って回った調子、斜《しゃ》に構えたところがなかったからにちがいない。レトリカルで大仰な言い回しは散見されるけれども、総じてミュッセにしてはストレートな語り口だ。この事実はそれだけこの作品のテーマが作者にとってのっぴきならないものであったことを証しているにちがいない。このたびは茶化したりふざけたりする心のゆとりなど作者にはなかったということか。冒頭近くですでに決定的な言葉が発せられる。

おおキリストよ、わたしは汝の聖なる言葉など信じない。
わたしはあまりにも年古《としふ》りた世界に、あまりにも遅れてやってきた。

激越な無神論の宣言だ。「かつて在ったところのものはもはやない。これから在るであろうところのものはまだない」という『世紀児の告白』のなかの言葉はこの宣言に対する遠いこだまだ。神が退いてゆく世界にあって人は何をすべきか、何ができるのか。まだ人々が、またロマン派の詩人たちが神を求め額ずいていたとき、ミュッセは絶望の深淵を見てしまっていた。彼は「あまりにも新しい世界に、あまりにも早くやって来てしまった」のかも知れない。ボードレールが、ランボーが、マラルメが対峙せざるをえなかった「乏しい時代の詩人」のアポリアにミュッセはすでにして遭遇している。すべての価値が崩落し、確たる指針が失われたとき、放蕩が残された唯一の道、少なくとも魂を癒す唯一の手段と見做されたのだ。問題は目標を失った精神をどう救済するのかが問題なのだ。放蕩はとりあえずの方法であったはずである。

主人公ロラは二〇歳前の青年。彼は「幼な子のように純真で、憐れみのように優しくて、希望のように大きい、高貴な心」の持ち主だった。ある日彼に莫大な遺産が転がり込む。世界に冠たる歓楽の街、パリのなかでも「最大の放蕩者」となったロラはその財産を、放蕩三昧の生活の末わずか三年にして蕩尽してしまう。そして彼は自殺することを決意する。しかしながら死ぬ前日に最後に残ったわずかな金で最後の快楽を買う。彼の相手をした娼婦はまだ幼いといってもいい気立てのいい女だった。一夜を過ごした翌朝、男が破産して自殺するつもりでいるのを知ると女は自分の首飾りを売って最後の賭をしてみてはと健気《けなげ》にも申し出る。ロラは好意だけは受け入れるが微笑みだけを返すとその場で毒を仰ぐ。そして金の首飾りに口づけをするとがっくりと首を傾ける。長詩「ロラ」の最後は次のようだ。

この清らかな口づけのなかで彼の魂は逝ったのだった。
そして、一瞬の間、二人は愛したのだった。

精神的な苦悩の果てに娼婦のもとに走るというパターンを示す作品はすでに紹介した。だが、「ロラ」の最後は肉体的快楽、一時的な癒しが問題とされているのではなく、もっと積極的＝精神的なものが暗示されている。混迷のなかでかいま見られた一道の光明。それは神なき世界を照らす愛の光だ。問題は愛が魂の救済者たりうるのかということだ。ミュッセがそのことを希求していたことは間違いない。詩人はある時期から自分の精神の空洞を満たしてくれる大きな愛を待望していたのだ。

サンドのプロフィール

ジョルジュ＝サンドは一八〇四年の生まれで、ミュッセよりも六歳年上である（ちなみに没年は一八七六年）。彼女はロマン派を代表する女流小説家で、あのバルザックにも負けないくらい多くの作品を書いた。ニーチェはサンドを「ものを書く雌牛」と呼んだほどだ。このニーチェのレッテルはともかくとしてこの女流作家は進歩的な思想の持ち主で、特に女性の地位向上のために闘った。彼女が現代のフェミニズム運動の嚆矢《こうし》と見做されるゆえんである。

またその一方でその奔放な男性遍歴は余りにも有名で、関係した男性は優に十指に余る。日本では特にショパンの恋人として有名だろう。サンドが次々と男に身をまかせたのは絶対的な愛の存在を信じ、妥協をしなかったからだ。もっとすばらしい男性が現れるはずだと、サンドはいつまでも少女のように胸をときめかしていたのだ。そんな彼女を評して人は淫乱な女だと言う。ボードレールは『赤裸の心』のなかで言う。「サンドという女は不道徳のプリュドム［俗物の典型］だ。（…）この女はブルジョワ好みの、かの有名な《流れるような文体》の持ち主だ。（…）何人かの男どもがこんな便所みたいな女に熱をあげるなんてことが起こりえたのは、現代の男どもが堕落しているなによりの証拠だ。」

どうもサンドは一部の男性たちからは余り好まれないようだ。その男勝りの行動力が災いしているのかもしれない。しかしながら女性的な豊かな包容力も持ち合わせている。日本でいうとちょうど与謝野晶子を思わせる女性だといえば分かりがよいかもしれない。

ミュッセはロマン派の貴公子を思わせ、その毛並みもなかなかのもので、その気質も貴族主義的で、誇り高い。性格は繊細で、多分に女性的傾向が指摘できる。それに引き換え、サンドは父方は確かに王家につながる高貴の血筋だが、母はしがない鳥屋の娘で、彼女自身も母の血を多く受け継ぎ、いたって庶民的だ。性格は勝ち気で、少女時代からお転婆ぶりを発揮し、その男装で周囲を慌てさせた。後年、「ズボンをはきタバコを吸う男装の麗人」というイメージがサンドについてまわることになるだろう。

こうしたミュッセとサンドの気質の違いは注意しておいてよいことで、二人の関係に不吉な翳を落とすことになるはずだ。

恋のはじまり

ミュッセとサンドの恋は「世紀の恋」と形容されることもある大恋愛であるが、案に相違して期間的には非常に短い。その関係は一八三三年七月末から一八三五年三月初めまでの二〇ヵ月ほどの期間である。二年にも満たない短い恋だ。

いま「短い」と形容したがそれは世の通念に即してそう言ったまでで二〇ヵ月でも十分に長いとする考え方もあるだろう。一夜の束の間の恋がその人を支える一生の思い出になる場合もあるのだから。サンドにとってはいざ知らず、ミュッセにとってはこの期間は十分に長かったにちがいない。この二〇ヵ月の間でミュッセは恋愛の天国と地獄を二つながら見とどけることになるだろう。

現代風にいえば、ミュッセとサンドはプレーボーイとプレーガールだ。そしてその恋のはじまりは偶然のたまものである。

ミュッセとサンドが初めて出会ったのは一八三三年六月中旬のことだ。場所はリシュリュー通りのレストラン「ロワンチエ」。《両世界評論》誌を主宰するフランソワ＝ビュロが寄稿者たちを招待し、夕食会を催したのだ。二人はたまたま隣合せの席に座った。サンドは紅一点だった。ミュッセは二三歳、サンドは六つ年上の二九歳。この当時、ミュッセはロマン派のプリンスとして活躍する詩人、サンドは『アンディアナ』でデビューした注目の新進作家である。お互いに相手の評判はよく知っていた。

ミュッセは上品な顔立ちと、すらりとした体つきの、絵にかいたような美青年。おまけにダンディーな着こなし、夢見るような瞳、ニヒルな雰囲気。こんな若者を女性たちがほっておくわけがない。詩人の女癖の悪さは隠れもない事実だった。一方のサンドは人妻であるが、夫とはかなり以前から別居状態で（この当時は宗教的な制約から離婚は認められていなかった）、現在は二人の子供を地方に住んでいる夫に預けて、生活のためパリで著述活動に専心している。二児の母とはいえ、豊かな黒髪、琥珀色の肌、東洋風の大きな黒い瞳をもつ個性的な美人。その男出入りの激しさと男装の麗人ぶりがパリの人々の耳目を集めていた。

初めに行動を起こしたのはミュッセの方だった。しかし、さすがのサンドも悪評嘖々《さくさく》たるそのドン＝ファンぶりには恐れをなしたのか、警戒してなかなか心を開かない。ミュッセは夕食会から数日後、サンドに手紙を書く。

「マダム、失礼を顧みず何行かの詩句を送らせて頂きます。『アンディアナ』の一章、ヌンがレーモンを女主人の部屋で迎える章を再読して書いたものです。私にこの詩句を書かせた、心からの深い感嘆の念をあなたに表明する機会ともなればと思い、迷いに迷った末、つまらぬ代物をお目にかけます。」

問題の詩の冒頭を写しておくと、

サンドよ、きみはこれを書いたとき、どこでそれを見たのか？
半裸のヌンがアンディアナのベッドでレーモンと陶酔にふける怖ろしい光景を。
誰がそれを書き取らせたのか、
恋がその幻覚の賜物の愛しい幻影をわななく手でむなしく求める

この燃えるようなページを。

きみはそうした悲しい体験を心のなかにもっているのか。
レーモンが味わっていることをきみは思い出したのか。
漠とした苦しみに由来するそうした諸々の感情、
無限の空虚に充ちた、幸いを知らぬあの快楽の数々を
きみは夢見たのか、ジョルジュよ、それとも身をもって体験したのか。

実は、この詩は非常に遠回しな愛の告白と言えないことはないのだ。その経緯を理解するにはこの詩の背景を知る必要がある。

この詩が問題にしている場面は、『アンディアナ』第一部七章である。ヌンはアンディアナの小間使いで、大柄の豊満な美人で、レーモンに身も心も捧げている。しかし最近とみに愛人の心が自分から離れているのを敏感に感じ取っている。レーモンは、年の離れすぎた夫との不幸な結婚生活を送る若い女主人アンディアナの方にご執心なのだ（小間使いはこの事実にはまだ気づいていない）。アンディアナは自分に言い寄るレーモンを憎からず思いながらも、まだ肌を許そうとはしない。ヌンは愛人の心をもう一度取り戻そうと、女主人の部屋で女主人の衣装をまとい、精一杯の媚びを売

り、男の足下に身を投げる。

「もう一度あたしを愛してください。あたしを愛しているともう一度言ってください。そうすればあたしは直ります。あたしは助かります。昔のようにあたしを抱いてください。そうすれば、楽しい幾日かをあなたに差し上げて身を滅ぼしたことを決して後悔いたしません。」

こんなふうに身をまかせてくる女を、男はアンディアナの幻影を追いながら激しく愛する。誤解と快楽に充ちた抱擁……。つまりヌンもレーモンもかなわぬ恋の苦しみを味わっている不幸な恋人だ。ミュッセは愛するサンドが作り上げた作中人物にこと寄せて自分の苦しい胸のうちをさりげなく伝えているのだ。さすがは詩人である。洗練された詩的な愛の告白となっている。ちなみに言えば、恋愛に関してはミュッセはいつも初めはうぶな中学生のような恥じらいと不器用さを示し（あながち戦略的とばかりはいえなかったようだが、相手の女性にはたまらなかったらしい）、詩に託して自分の気持ちを伝えるのはミュッセの常套手段であった。

サンドも相手の気持ちを察知したにちがいない。折り返しその日のうちに返事をしたためる。

「あなたのような方のお目に留まり、ほんのしばらくの間でも私のことをお考えくださることになった数頁を書きましたことを今日はとても誇りに思っております。［…］私が光栄にもあなたにお目にかかりました時、私の許にお出で下さるよう申し上げる勇気はありませんでした。私の心の傷の深さがあなたを怖気づかせ、うんざりさせはしないかと今でも心配しております。けれども、もしあなたがお疲れでなにもやる気が起こらない日に世捨人の独房を訪れてみようなどというお気持ちになりましたら、感謝と真心で迎えられることでしょう。」

サンドの事情

初めの警戒心もどこへやら、サンドがこうもあっさりと心を開いたのには実はわけがある。彼女はこの当時ひどく落ちこんでいたのだ。誰か話し相手が欲しかったのだ。誰かに慰めてもらいたかったのかもしれない。手紙のなかの言葉に偽りはなく、彼女の「心の傷の深さ」は相当なものだったのである。

サンドはこの年の三月に、一八三〇年七月以来関係をもち、共同で作品を執筆したこともあるジュール＝サンドーと別れたばかりだった。ちなみにジョルジュ＝サンドというのはその時二人が使っていた共同のペンネームで、似た綴りのジュール＝サンドーから思いつかれたものだ。ジョルジュはもともと男性名である。サンドが一本立ちしたとき、男性名の方がなにかと都合がいいだろうというので共同名義のペンネームをジュールから譲り受けたのだ。『アンディアナ』でサンドが一躍脚光を浴びたことで、無名時代の二人三脚が崩れ、ジュール＝サンドーがいわば身を引くかたちで二人の関係は終息したことになる。

この悲しい別れの一ヵ月後、追い討ちをかけるように、傷心のサンドはまたしても苦汁を嘗めさせられることになる。『カルメン』の著者として有名な作家プロスペル＝メリメとの屈辱的な情事がそれである。この情事については色々取りざたされている。

一説によれば、サンドが娼婦まがいの大胆さを披露し、男をあきれさせ、おまけにどちらの責任か、ことの首尾もうまくいかず、メリメは憤然として五フランを枕元において退散したという。

しかしながらサンドの言い分はまったく違う。

「倦怠感に襲われ、絶望感に打ちひしがれていたある日、私はためらうことを知らない一人の男に出会いました。冷静で強靭なこの男は私の悲しみを笑い飛ばしました。一週間の間、私はこの男が幸福になれる秘密を知っていると、それを私に教えてくれると信じていました。でも、私が確信できたたった一つのことは私が絶対的に、完全にレリア［サンドの同名の小説の女主人公。不感症に悩む］だということでした。三〇歳の私がまるで一五歳の小娘のように振舞ったのです。そして、プロスペル＝メリメの情婦になるという、まるで信じられないほどの馬鹿気たことを仕出かしてしまったのです。

私の心の痛みを分かってくれる愛情の代わりに私が見出したのは冷笑と軽薄さだけでした。」（一九三三年七月二四日、サント＝ブーヴあて――持田明子訳）

この情事の顚末は尾鰭がついてパリ中にぱっと広まっただけにサンドの心中は察するに余りある。

こんなわけでミュッセに出会った頃はサンドは失意のどん底にあった。愛に飢えていた。そこへ男前でダンディーな詩人の登場である。サンドならずとも心が動いて当然だろう。だが、直情径行の気味がある彼女もメリメとの苦い体験がこたえたのか、それとも年の差を気遣ったのか、このたびはひどく慎重で、おいそれとミュッセの申し出に応じなかった。

「世間の声などどうでもいいことです」　いっぽう、詩人の方は相手の守りが固ければ固いほどますます恋のほむらを掻き立てる。

ミュッセは七月のある日サンドへ熱烈な手紙を送る。

「親愛なるジョルジュ、私はあなたに愚かで馬鹿げたことを言わねばなりません。あの散歩の帰りにはなぜか口にできなかったのに、愚かにも今それを書いているのです。今夜はこのせいで落ち込むことになるでしょう。あなたはきっと鼻先でせせら笑い、今までのあなたとの関係のなかでこの私がいつも美辞麗句を並べ立ててきたのだとお取りになるでしょう。私に門前払いを食わせ、私を嘘つきとお思いになるでしょう。私はあなたが好きで好きでたまらないのです。お宅にお邪魔した最初の日からそうなのです。友人としてあなたにお目にかかれば、この病いからわけなく立ち直れると思いました。あなたの性格のなかには沢山のものがあり、そうなるように思えました。出来るかぎり自分にもそう言い聞かせました。でも、あなたと過ごす瞬間は余りにもその代償が大きすぎるのです。（…）田舎へ戻られたり、イタリアへ旅行される前にあなたがパリで過ごされるのはわずかの期間ですが、その期間あなたにお会いする喜びをみすみす自分から放棄するなんて、私も本当にどうかしています。私に気力さえあれば、私たちはイタリアで素敵な夜を過ごせたでしょうにね。でも、本当のところ、私は苦しんでいます、私には気力がかけているのです。」

さらに追い討ちをかけるように別の手紙。

「もし私の名前があなたの心の片隅に記されているなら、その痕跡がどれほど微かで、色あせていようとも、消さないで下さい。私は疥癬《かいせん》にかかった、酔って死んだ女なら抱けますが、自分の母親を抱くことはできません。愛する術を知っている男性を愛して下さい。私は苦しむことしか知りません。自殺したいと思う日があります。そうかと思えば、泣きだしたり、笑い崩れることもあります。今日のことを言っているんではありませんが。さようならジョルジュ、私は幼な子のようにあなたを愛しています。」

詩人のひたむきな情熱を前にしてさしものサンドも分別心をかなぐり捨てる。青年の苦悩が年上の女の母性本能をあやしく掻き立てる。「幼な子のようにあなたを愛しています」――この言葉は年上の女の胸をぐさりと突き刺す殺し文句だった。サンドは男装をしてみたり、パイプをすぱすぱ吹かしてみたりといった具合で、とかく男勝りの勝気な側面がとりざたされるが、その一方で母性本能も決して人後に落ちない。彼女が年下の男性（前の愛人サンドーも七歳年下）、それも蒲柳の質の男性（後年の恋人ショパンがその典型だ）に弱いのはその一つの現れだ。この問題に関連して彼女が一人息子のモーリスをなかなか結婚させず中年になるまでひどく溺愛していた事実を指摘しておこう（もっとも娘のソランジュとはどうしても反りが合わず、いがみあってばかりいたが）。あれやこれや考え合せると、ミュッセはサンド好みの男性ということになるだろう。詩人の妹が発見したメモによれば、サンドがミュッセと深い仲になったのは七月二九日のことだという。

詩壇のプリンスと新進女流作家の恋。自他ともに許すドン＝ファンと男装の麗人の情事。役者は揃っており、ゴシップの種にはこと欠かない。二人の関係はどこでも評判だった。サンドの恋は売名行為だと悪しざまに言う人もあった。しかし、サンドはそんな風評を歯牙にもかけず、ミュッセに身も心も捧げる。彼と結ばれてから一ヵ月ほどして彼女はサント＝ブーヴに真実の愛に生きる女の断固たる決意を表明している。

「あなたもご存じのように私はひどく侮辱されています。でも、私はちっとも気にしていません。（…）私は今度こそ真面目にアルフレッド＝ミュッセに夢中です。これはもはや気紛れではありません。強い愛着なのです。（…）私はこれまでに六年間愛したこともありますし、三年間、愛したこともあります。（…）私の思い切った行動があなたのお気に召すかどうかは分かりませんが、たぶんあなたは女というものは愛情などあらわにすべきではないと考えておられるでしょう。でも、理解していただきたいのですが、私はまったく例外的な立場におりますし、これから先は私の私生活をさらけ出さなければならないのです。世間の声など私にはどうでもいいことです。」

ペン一本で自活する女の意地と言おうか、旧套墨守の世間に対して一歩も引かない気迫に満ちている。二人はマラケ河岸一九番地（パリ左岸、芸術橋とカルーゼル橋の間に伸びる短い通り）のサンドのアパルトマンで幸福と陶酔の時を過ごす。「私は仕合せです。とても仕合せです。日毎にあのひとに惹かれていきます」（九月一九日、サント＝ブーヴあて）。まさしくこの頃はミュッセとサンドの蜜月時代である。この幸せはいつまで続くのか。

イタリアへの恋の逃避行

ミュッセは外目には穏やかで優しそうに映るが、その実、異常に嫉妬深く、怒りっぽかった。また、天才肌の詩人の常で、極度に神経が高ぶることがある。錯乱状態になり、幸せに浸りきっているサンドをあわてさせるようなことも何度かあった。その有名なエピソードが月夜にフォンテーヌブローを散策していた折りのミュッセの発作だ。詩人は幻覚に襲われた。一説にはサンドを岩から突き落とし無理心中を図ろうとしたという。

ミュッセの描いたサンド

ミュッセはミュッセで、自分の欲望に十分こたえてくれないサンドに物足りなさを覚えることもあったようだ。最初の頃の盲目的な情熱が冷めるとともに相手のあらが次第に目についてくる。二人の仲に不協和音が混じりはじめる。

その頃恋人たちの間で以前から話題に上ることがあ

ったイタリア旅行が現実味を帯び始めた。サンドはイタリア語がかなり達者だったし、イタリア音楽も好きだった。ミュッセがイタリアを愛し、憧れていたことは『スペインとイタリアの物語』という詩集を刊行していることからも察せられる。暗い影の翳りはじめた自分たちの仲を好転させるためにも情熱と官能の国への旅立ちは魅力的だった。ミュッセの母親が愛する息子との長い別離に反対したが、サンドはグルネル通り五九番地のミュッセ家まで出向き母親と直談判して旅行の許可を取り付けた。

一二月、彼らはイタリア旅行に突然出発する。リヨンからマルセイユまでは『赤と黒』の作者スタンダールと一緒だった。

人目の多いパリを逃れての——あるいは気分を一新するための——恋の逃避行となるはずだったこの旅行はさんざんな結果に終わる。手をたずさえて出かけた二人は、別々に帰ってくることになる。

この旅は端からけちがついた。イタリアに入って早々、ジェノヴァでサンドが病いに倒れた。ミュッセは看病もそこそこに酒場に入りびたり、イタリア女の尻を追い回す。サンドの病気やらミュッセのご乱行やらで一悶着も二悶着もあった末、それでもなんとか二人は目的地ヴェネチアにたどり着いた。

サンドは病いがまだ完全には癒えなかった。けれども、旅行前にとりかわした《両世界評論》誌との執筆契約もあって彼女は体調が許すかぎり、せっせとペンを走らせる。こんな仕事の鬼のような愛人にミュッセはうんざりし、退屈をもてあます。ジェノヴァの時のようにまたぞろ浮気の虫が騒ぎだし、またもや酒や女にうつつをぬかす。あげくの果てにはサンドに「ジョルジュ、ぼくはきみを騙していたんだ。ごめんよ、ぼくはきみを愛していないんだよ」とまで口走ったらしい。激しい口論と和解の抱擁の繰り返し。

とつぜん今度はミュッセが病いに倒れた。高熱にうなされ譫言《せんげん》を言いだすほどの危険な状態におちいる。最近の恋人のひどい仕打ちも忘れてサンドは母親のように献身的に看護し、八方手を回して信頼できる医者を探す。そこへ登場して来たのがイタリア人医師ピエトロ＝パジェッロだ。一八三四年二月初めのことである。

ピエトロ＝パジェッロ

パジェッロはサンドより二つ年下の二七歳、がっしりとした体つきの明るい青年だった。彼は病人を親身になって診察した。一日に何度も患者の容態を診るだけでなく、徹夜の看病もいとわなかった。いつしか、青年医師は重病の愛人を抱えて苦しむ美しい異邦の女に同情を越えた気持ちを抱くようになった。異国の空のもとで寄るべない身をかこつサンドの方でも、真面目で頼り甲斐のあるパジェッロの男らしさに次第に心が惹かれていく。二月の終わりにはサンドはパジェッロと愛人関係になっている。

ここで注目すべきは、この新しい恋人によってそれまで苦しんでいた冷感症からサンドが癒され、女としての真の喜びを知ったらしいという点である。「あなたの愛撫でおおわれたこのあいだの時ほど、あたしの心のたくましさと若さを感じたことはこれまでありません（…）。熱烈な接吻と飾り気のない態度と娘のような笑顔と愛撫で（…）あたしを包んでくれるあたしのパジェッロでいつまでもいてちょうだいね。」

危険な状態を脱したミュッセは愛人と医師のただならぬ関係を嗅ぎつけ、持ち前の度はずれの嫉妬心の虜になる。思うに、ミュッセとサンドの関係は二人が入れ違うように病いに見舞われなかったらもっと早く破局を迎えていたに相違ない。嫉妬に狂うミュッセと、パジェッロに走るサンドの間で繰り広げられる悲喜劇は想像に難くない。

「彼のなかには別の人間がいる」

サンドの本心を知ったミュッセは三月の末、一人悄然とヴェネチアを去る。八月の半ば、サンドはイタリア人の愛人を伴いパリに戻ってくる。ミュッセはサンドと再会するが、すぐに逃げるようにドイツのバーデンバーデンに旅立つ。

とかくするうちにサンドはしだいにイタリアの愛人の平凡さに飽き足りなさを覚えるようになる。一〇月中旬ミュッセがパリに舞い戻ってくる。パジェッロは恋人の心が自分から完全に去ったことを知ると一〇月の末、一人淋しく故国へ帰ってゆく。

ミュッセとサンドはよりを戻し、二人の間に愛の炎が再燃するが、その炎は嫉妬の嵐と涙の雨で何度も消えそうになる。二人は逢瀬と喧嘩別れを繰り返した末に、一八三五年三月に決定的な局面を迎えることになる。

二人の愛は強烈な個性のぶつかりあいである。繊細で過敏な男と自由奔放で勝気な女。貴族趣味と庶民的気質。別れの理由は色々と考えられるが、最大の理由はミュッセの性格に求められるだろう。彼は自分のことは棚にあげて、サンドの「過去」にこだわった。サンドはミュッセを嫌いになったわけではないが、詩人の執拗な嫉妬心と猜疑心に耐えられなくなった。恐れをなしたと言ってもよいだろう。サンドの次の証言はミュッセの性格の本質をついている。

「彼のなかには別の人間がいる。恋は酒と同じくらい彼を酔わせる。時にはその陶酔はすばらしい。しかし、それがほとんど耐え難くなる別の瞬間がどれほどあることか。ひとりの個人のなかに封じ込まれた二人の人間、これほどにぞっとする対照をわたしはこれまで一度も目にしたことがない。ひとりは人が好くて、おだやかで、優しく、純真だが、もうひとりはいわば悪魔にとり憑かれていて、凶暴で、高慢で、専制的で、狂的で、冷酷で、狭量で、罵倒するまでに疑り深くて、考えられないくらい身勝手でエゴイストで、善においても悪においても同じように熱狂するのだ。」

別れ話を切り出したのはサンドの方だった。ミュッセは未練を残しながらも、この提案を受け容れた。こうして詩人と女流作家の「世紀の恋」は終わった。二年にも満たない短い恋だった。しかしながら、この恋が恋人たちに残した波紋は決して小さくはなかった。

ミュッセについてはしばらく措く。

サンドはミュッセと別れた後すぐに新しい愛人ミシェル＝ド＝ブールジェを見つけて、傷心から逞しく立ち直った。その後も彼女は何人もの男性を情熱的に愛したが、ミュッセの面影は心の片隅にいつもわだかまっていたにちがいない。一八五五年三月、ミュッセと別れてちょうど二〇年後、サンドは最後の愛人マンソーと再びイタリアの地を訪れ、ローマ、フィレンツェ、ミラノなどイタリア各地を回ったが、なぜかヴェネチアには立ち寄ろうとしなかった。

この恋の後日談をもう一つ付け加えておこう。

パジェッロは九〇歳まで長生きして、サンドとの恋をいつまでも懐かしみ、自慢そうに周囲の人に語ったという。

『世紀児の告白』をめぐって

『世紀児の告白』の執筆動機

ミュッセは自分たちの恋の思い出を作品に描こうとした。その作品が小説『世紀児の告白』だ。興味深いことにミュッセは自分たちの恋が決定的な破局を迎える前にすでに作品化を考えていることだ。彼は恋の破局が来る前にその終わりをすでに予感していたのだろうか。そのことはともかく、その構想を抱いたときその動機はすぐれて個人的なものであったことは間違いないようだ。ミュッセが初めて自分の計画をサンドに伝えた一八三四年四月三〇日の手紙を読んでみよう。

「ぼくは小説を書こうと思います。二人の物語を書きたい。そうすればぼくは治り、ぼくの心も高まるように思われます。ぼくはあなたのために祭壇を作りたい、たとえぼくの骨でもってでも。しかしあなたの正式な許しをお待ちします［五月一二日にサンドは「わたしは目隠しされたままの状態であなたに身を委ねます」と許可を与えることになる］……でもぼくは書きたい。大衆はなにも理解しないでしょう。でも、具眼の士はかくも多くの愚かしい中傷のさなかにきみに対する一つの声があることを知るでしょう……ねえ、ジョルジュ、血管は開いている。血が流れなければならない。

なんて下手くそな愛し方だったことか。」

この文面から三つのことが分かる。

(1)　二人の恋を作品化することによって自分の心の傷を癒すこと（自己救済）

(2)　恋人を讃美すること（オマージュ）

(3)　この恋の破局の責めはもっぱら自分にあること（謝罪）

見られるように『世紀児の告白』の最初の執筆動機がきわめて個人的なものであったことは強調してもしすぎることはない。してみれば表題中の「告白」confession には「懺悔」の意味も読み取らなければならない。この言葉を採ったとき、ミュッセが聖アウグスティヌスやルソーの『告白』を強く意識していたことは間違いない。

ダンテやペトラルカなどの例に徴しても、詩人たちは自分の体験した恋愛を永遠化＝不滅化したいと願うもののようだ。ミュッセのなかでサンドへのオマージュは二人の恋の理想化＝永遠化へと昇華されることになる。これまでにも多くカップルが歴史上にその名を残してきた。上掲の手紙からほど経ずして書かれた手紙の一節でミュッセは次のように書く。

「しかしぼくはぼくときみ（とりわけきみ）についての本を書いてしまわなければ死にません。そうだとも、ぼくの美しい人よ、ぼくの聖なるフィアンセよ、冷たい土に誰を抱くことになるかを知らせずして、きみをそこに眠らせはしません。そうだとも、そうだとも、ぼくの青春、ぼくの天才にかけて誓う、きみの墓には汚れなき百合しか咲かせません。束の間の私たちの栄光の像よりももっと清らかな大理石の墓碑銘をこの手でもってそこに置きましょう。ロメオとジュリエットのように、エロイーズとアベラールのように二人で一つの名前しか持たないあの不滅の恋人たちの名前と同じように私たちの名前をば後世の人々は繰り返すことでしょう。一人を語ればかならず他方を語ることでしょう。それこそは司祭が執り行う結婚よりももっと神聖な結婚でしょう。知性の永遠にして清浄な結婚。未来の人々はそこに、彼らが崇めるべき唯一の神の象徴を認めることだろう。人間精神の革命は、そのことをその世紀の人々に告げる先駆者をいつも持っていると、誰かが言わなかったか。そうだ、知性の世紀がやってきたのだ。彼は世界の廃墟から出てくる、未来のその王者は。」(一八三四年八月)

この高揚した手紙の文面からミュッセがサンドへの愛になにを期待していたかが透けて見えてくる。知的＝霊的な愛。エロスを超越した愛、アガペーだ。ミュッセは神が退いてゆく虚無的・無政府主義的世界に愛の革命を夢見ていたのだ。サンドへの愛は虚無の深淵に架けられた希望の虹の橋だった。ここで個人的な位相はいつのまにか時代的位相に移行していることが分かる。個人の病い(救済)は世紀の病い(救済)と二重写しになっている。『世紀児の告白』の第一章の次の言葉を想起しよう。

「青春の初めに唾棄すべき精神の病いに既にして冒されていたので、わたしは三年間にわが身に起こったことを話す。わたしだけが病んでいるのなら、なにも言うまい。しかしわたし以外にも同じ病いに苦しむ人が大勢いるのだからその人たちのために書く。それに注意を向けてくれるかどうかはよく分からないけれども。」

ここには自分を語ることは他人（同胞）を語ることなのだという認識と自信が見られる。ミュッセは自己を深く見つめることによって自分の抱えている問題の普遍性に気づいたにちがいない。個人（個）を深く突き詰めることが他人（普遍）に通ずること。ここにミュッセの成熟を看て取ることができるだろう。『世紀児の告白』は一八三〇年代の青年たちの魂（精神の危機）を分析する調書でもあろうとしたのだ。

この作品は一八三五年の秋にそのごく一部が《両世界評論》誌に発表されたが、翌三六年二月に二巻本として刊行された（一八四〇年にかなり訂正が加えられた一巻本の第二版が刊行された。この改訂版が以後の出版のもとになっている）。

『世紀児の告白』のあらすじ

見られるとおり『世紀児の告白』という作品は個人的＝感情的側面と時代的＝思想的側面を持っているわけだが、まずは最初の側面から見てゆくことにしよう。

主人公のオクターヴは世間知らずのうぶな青年。彼には熱愛する未亡人がいた。しかし彼女は彼の友人とも関係を持っていた。オクターヴが彼女の浮気に気づいたのは、仮面舞踏会のあとの華やかな晩餐のテーブル。ふと取り落としたフォークをひろおうと身を屈めたとき前の席に座っていた愛人が隣の若い男と脚を絡み合わせているのを目撃してしまったのだ。

青年は愛こそがすべてだと信じ、心からその女を愛していただけに深刻なショックを受ける。

「どうしても考えられなかったことは、恋人が私を愛するのをやめたということではなくて、わたしをだましたということだった。義務にも利害にも強制されない女が他の男を愛しているとき、いかなる理由から一人の男に嘘をつくことができるのか、わたしには理解できなかった。（……）もしわたしが彼女の夫であるか、あるいは彼女を囲っているのなら、わたしをだましたことも分からないわけではない。しかしわたしをもう愛していないのなら、どうしてそう言ってくれないのだろうか。なぜわたしをだますのだろうか。」

オクターヴの疑問はもっともだ。彼は深い人間不信に陥ってしまう。一九歳の時のことである。

青年には世故に長けた、現実主義者でプレーボーイのデジュネーという親友がいた。デジュネーはオクターヴに、世の中には女は掃いて捨てるほどいるではないか、夢なんか追わずに現実と妥協せよと忠告し、放蕩をすすめる。しかしオクターヴは友人の忠告には耳を貸さずに、読書や勉強、酒、スポーツなどの真っ当な気晴らしに自分を駆り立てることになる。しかしながら、なかなか不実な恋人のことが忘れられない。彼は彼女の家のまわりを夜な夜な徘徊する。恋人への未練を断ち切れず、懊悩する彼だったが、ある時恋人が実はとんでもない尻軽女で、何人もの情人をつくっていること、また自分の未練たらしさを吹聴して廻っていることをデジュネーから知らされるにおよんでようやく目から鱗が落ちた。

そして悪友に誘われるがままに放蕩と遊興の泥沼に落ち込んでゆく……。時に空しさを覚えながらも懶惰《らんだ》で自堕落な生活が続く。

一年が過ぎる。

パリにほど近い村に住んでいた父親が突然この世を去る。父親は放蕩息子の行く末を誰よりも気にかけていたのだが。父の死を契機にオクターヴは品行を改めて田舎住まいをする決心を固める。父親を見習って静穏で規律正しい生活を送る。彼は慈善活動の途中で修道女のように献身的で慈愛に溢れる控え目な美しい未亡人と知り合う。

彼女はブリジット＝ピエルソンという名前で、年老いた伯母とひっそりと生活していた。オクターヴはすぐに彼女の優しさに惹かれ、清らかな心のときめきを覚える。友人づきあいをしているうちに友情はいつか恋愛に変わってゆく。

青年のひたむきな熱愛を夫人は頑なに、時には残酷なまでに拒みつづける。彼女は言う、「あなたが愛だと信じていらっしゃるものは、欲望にしか過ぎないのです」と。しかし青年は尊敬の念を捧げると同時に救いの手を求めるかのような思慕の念を伝える。

「このことは疑わないで下さい、わたしをあなたのところへ連れてきたのは摂理なのです。あなたとお知り合いになれなかったら、いまの時間にはたぶん乱れた生活に逆戻りしていたでしょう。神は光の天使としてあなたを送り、私を深淵から引き揚げてくれたのです。それはあなたに託された神聖な使命なのです。」

青年の一途な情熱にほだされてさしもの夫人もついに青年の愛を受け入れることになる。ひとたび心を許すとブリジットは打って変わって身も心もオクターヴに捧げてくる。オクターヴは歓喜に酔う。「今はすべてのものが充ち足りていた！　心の中では感謝の讃歌が高まり、二人の愛は神の方へと昇ってゆくように感じた。」

しかし幸福な時は長くはつづかなかった。オクターヴの持ち前の猜疑心と嫉妬がしだいに頭をもたげてくる。ブリジットのささいな行為にも神経を尖らせる。彼女の「過去」に異常にこだわる。あるいは放蕩時代の記憶が甦り、不実な女や商売女のイメージを恋人に重ね合わせて恋人を責め苛む。男の病的な猜疑心と嫉妬にブリジットはしだいに憔悴してゆく。そしてついに彼女は次のように言わざるをえなくなるまで追い込まれる。「そうよ、わたしを苦しめているときは、あなたを恋人とは思わないわ。病気の、疑い深い、聞き分けのない子供にしか過ぎないんだわ。そんなあなたを看病して治して、わたしの愛している、永久に愛していたい人にしたいと思うのよ。神さま、どうかその力をわたしにお授け下さい！」

諍《いさか》いと和解の繰り返し。そんな折しもブリジットは突然、同居していた伯母を喪うことになる。彼女は支えを失ったように孤独を感じる。しばらく前から二人の仲は口さがない村人たちの格好の噂の的になっていたこともあり、ブリジットは村を去ることを考える。

実は、恋人の執拗で残酷な仕打ちにブリジットはひそかに死を覚悟するようになっていたのだ。ところがオクターヴはその遺書をひょんなことから知るに至る。すべてを許す彼女の大きな愛の証しをそこに見てオクターヴは自分の非を認めて心から許しを乞う。二人は連れだって長い旅に出ることを決心する。

とりあえず二人はパリに向かう。嵐のあとの静けさのようなおだやかな日々。ある日、一人の青年がブリジットをたずねてくる。彼女の生まれ故郷からの手紙を携えてきたのだ。故郷の親族がブリジットのふしだらな関係を即刻清算するように警告していた。

このことがあってからブリジットの様子がおかしくなり、体調もすぐれなくなる。実はその青年はエドゥアール＝スミトといってブリジットの古くからの友人だったのだ。オクターヴと同年で、いまはパリで役所勤めをしている。薄給のなかから故郷にいる母と妹へ仕送りする真面目で誠実な好青年。苦しい状況にあるピエルソン夫人に同情し好意を寄せている。

奇妙な三角関係がはじまる。スミトは二人のもとに気の置けない友人としてよく訪れる。彼は常に紳士的に振る舞っているが、オクターヴはしだいにスミトを疑い出す。スミトとブリジットの間には二人だけのなにか秘密があるのではないか。彼女はなぜ計画している旅行をずるずると伸ばそうとするのだろうか。疑惑は疑惑を呼びオクターヴの疑心暗鬼はとどまるところを知らない。オクターヴは手を替え品を変え執拗にブリジットに探りを入れるようになる。あるいは機会をつかまえてはわざと二人だけにして物陰から二人の様子をそっと探るようになる。たとえばこんなことがあった。ある時晩餐のあとで二人だけにするとブリジットがお茶を召使いに言いつけた。翌朝いちばんに彼女の部屋に行ってみるとカップが一つしかない。二人は一つのカップで紅茶を飲んだにちがいない。嫉妬に狂ったオクターヴはそのカップを床にたたきつけて割ってしまう。

一事が万事である。さすがにブリジットは恋人の病的な猜疑心と嫉妬にどう対応してよいか途方に暮れてしまう。ブリジットの憔悴を前にしながらもオクターヴの追及はやまない。ある時そのあまりの執拗さにブリジットは耐えられず失神してしまう。愛することに疲れ切り、静かに横たわる恋人を前にしてこの時はじめてオクターヴは自分の所業の取り返しのつかない罪深さに愕然とする。

「よく見るんだ、よく見るんだ！　恋人から愛してもらえないと嘆く連中のことを考えろ。おまえの恋人はおまえを愛している、おまえのものだった、それなのにいま失うのだ、愛するすべを知らなかったばかりに。」

長い瞑想と反省のあとで恋人のそばを離れようとしたとき、オクターヴはふと一通の封筒が床の上に落ちているのに気がつく。かなり前の日付のものでスミトあてのものだった。あなたを愛しているけれどもわたしは義務の念からわたしを必要としている人と長い旅に出ます、という文面だった。オクターヴは身をひくことを決意する。

この小説の最後は一人称から三人称に変わって次の記述で終わる。「彼は生まれた都会をこれを最後と遠望した。そして、彼の過失のせいで苦しんだ三人のなかから、たった一人きりしか不幸な人間が残らないようにしてくれたことを神に感謝した。」

この三人称への変更はオクターヴの事例を客観化して、後景に退ける。未来は遊惰なオクターヴのような人間からブリジットとスミトのような実直な人間たちの手に委ねられるという含意がこめられているのだろうか。

『世紀児の告白』のなかに描かれた恋愛はミュッセとサンドのそれを踏まえて転調したものである。ピエルソン夫人が恋の最初に見せた守りの堅さ（サンドの年上を気遣っての拒絶）。小さな村の好奇な目を逃れてのパリへの逃避行（ヴェネチアへの旅）。誠実な好青年スミト（イタリア人医師パジェッロ）。またブリジットの人物造型には現実のサンドの理想化が見られるし、猜疑心と嫉妬に狂うオクターヴはミュッセ自身を踏まえている。また遊蕩の指南番のデジュネーのモデルはミュッセの親友アルフレッド＝タテであると言われている。

それでは『世紀児の告白』はいわゆる「モデル小説」だろうか。イエスともノーとも言えるだろう。ただ、単なるモデル小説ではないことは確かだ。そこには事実の大幅な変更があり、修正がある。伝記的な好奇心でこの小説を読めば、そこに見出される事実とフィクションのあまりの径庭《けいてい》に驚かされ、失望させられるだろう。

『世紀児の告白』の問題性

絶望や苦悩を歌うことはすでにしてそれを乗り越えることでもある。この消息は贅言を要しまい。これまでの文学の歴史が多くの実例を供している。ミュッセもまた自分の「不幸な」恋愛体験を言語化することによって自己の救済を図ったのだ（すでに見た執筆動機の(1)だ）。

ここで問題とすべきは(2)の「オマージュ」と(3)の「謝罪」についてであるが、この両者は密接な関わりをもっている。

ブリジットは理想的な女性として描かれていて、サンドに対する十分なオマージュになっている。この点についてはあらすじを紹介する際に引用したいくつかの文章が十分に代弁してくれているはずだ。

ここに興味深い事実がある。すでに指摘したように、ロマン派の詩人としては珍しくミュッセは自然描写の少ない詩人だった。ところが『世紀児の告白』では随所に美しい自然描写が出てくるのだ。ブリジットの森のなかの散策。静かな自然のなかでの愛の告白。これはどうしてだろう。サンドを、あるいは自分たちの恋を理想化しようと気負ったときミュッセは無意識のうちにロマン派のレトリックにからめとられてしまったのだろうか。

ともあれ例外的な自然描写の駆使にも明らかなように、ブリジットの理想化は少々度を越しているように思われる。余り理想化が過ぎてブリジットの人物造型が平板になっている嫌いがないとはいえないようだ。しかしこの点を批判してみてもはじまらないだろう。そもそもサンドを讃えることがこの作品の主たる執筆動機の一つだったのだから。

それではオクターヴの人物造型はどうだろうか。ブリジットとオクターヴの人物造型はいわば反比例の関係、あるいは裏表の関係にあると言える。ブリジットを美化＝理想化するためにはオクターヴは悪者にならなければならない。「下手くそな愛し方」しかできなかったオクターヴは批判的に描かれなければならない。ミュッセはデビューいらい諧謔と皮肉の名手だった。そのせいでずいぶん読者の反撥や批判も誘発したが、ここでは自分自身に向けてその得意の手を使うことになった。それはなかなかの見物《みもの》だ。

この作品に見られる恋愛感情の分析はラファイエット夫人の『クレーヴの奥方』以来のフランス心理分析小説の伝統に連なるものだろう。恋愛にともなう激しい感情の起伏の描写。特に嫉妬の分析は鬼気迫るものがある。フランス文学史上これほどに執拗で細緻な嫉妬の分析は存在しただろうか。まさに『失われた時を求めて』のプルーストの嫉妬の心理分析を予告するものだ。そこには自我の二重化＝分裂を明晰に見つめる冷徹な批評＝反省意識がある。見るものと見られるものの明晰地獄といったらいいだろうか。自己懲罰的とも自虐的とも称しうる執拗さで、ついには自己道化にまで至る（太宰治の『人間失格』が思い出される）。ミュッセの執拗な自己糾弾の分析はボードレールの詩篇「ワレトワガ身ヲ罰スルモノ」の次の一節を思い出させる。

私は不吉な鏡だ、そこに
鬼女《メガイラ》が身を映し、眺める。

私は、傷でもあり小刀《ナイフ》でもある！
平手打ちでもあり、頬でもある！
私は四肢でもあり、処刑の車輪でもある！
犠牲《いけにえ》でもあり、刑吏でもある！

私は自分の心臓の吸血鬼……

世紀病の報告書

『世紀児の告白』はオクターヴの感情教育の物語としては非常に興味深い作品である。

問題はこの小説のもう一つの意図である時代的位相との関係にある。確かにミュッセは第一部二章で一八三〇年代の青年の精神的状況を記述している。いわゆる「世紀病」mal du siècle の問題だ。

「世紀病」とは一八世紀末から一九世紀前半にかけて青年たちを捉えた漠とした不安な空虚感で、ロマン主義文学の特徴の一つに挙げられる感情である。大革命の動乱が引き起こした時代の精神的混迷状態だ。シャトーブリヤンの『ルネ』やコンスタンの『アドルフ』、ラマルチーヌの詩などにその表現が見出せるが、『世紀児の告白』は「世紀病」の報告書として出色のものだろう。

ミュッセは「帝国の子にして革命の孫たるもの」の目に映じた時代的状況を分析する。革命によって掲げられ、ナポレオンによって広められた理想と栄光はどこへ行ってしまったのか。帝政に取って代わった王政復古（一八一四）がすべてを弾圧し圧殺してしまったのだ。いったん解放された情熱や感情は行き場がなくなってしまい、深く内向せざるをえない。スタンダールの世代はそれでも軍人（赤）か聖職者（黒）の立身出世の栄光を夢見ることができたのかもしれないが、一八三〇年の幻滅の世代はなにを夢見たらよいのか（スタンダールは一七八三年生まれだ。ちなみに確認しておけばミュッセは一八一〇年生まれだ）。自由な共和制が実現するのではという期待はみごとに裏切られ、ルイ＝フィリップが「フランス国民の王」として君臨することになった。またしても君主制だ。曖昧でどっちつかずの欺瞞的な政治社会体制。鬱積した感情はくすぶる。フラストレーションは高まる。ミュッセは揚言する。

「現世紀のすべての病いは二つの原因から来ている。九三年と一八一四年を通った人々は心に二つの傷を負っている。かって在ったところのものはもはやない。これから在るであろうところのものはまだない。われわれの病いの秘密をほかにさがすな。」

いわば一八三〇年の世代は谷間の世代だ。ミュッセは「あまりにも年古りた世界にあまりにも遅れてやってきた」と慨嘆したことがあるが、果たしてそうだろうか。彼は時代に先駆けてあまりにも早くやってきてしまったのではないか。のちにマラルメは世紀末の時代を長い長いトンネルにたとえ、自分が生きている時代を「空位時代」と呼ぶが、世紀末の詩人が見ていたものをミュッセは予感していたのではあるまいか。

ここでこの小説の表題に注目しなければならない。原題は《la confession d' un enfant du siècle》だ。日本では『世紀児の告白』という訳が一般化しているが、《enfant du siècle》は「神を信じない人間＝放蕩者」というのが本来の意味だ（「世紀病」mal du siècle の連想から「世紀の子」という意味を二重写しにしている可能性はあるけれども）。ミュッセは一八三〇年の世代を「無神論」に病んだ世代と規定しているわけだ。つまりこの表題は非常に挑戦的＝挑発的な意味がこめられている。混迷の、すべてがまだ待機状態にある時代にあって敢えて無神論を選び、放蕩を選ぶことを宣言している。すでに問題にした「ドン＝ファン主義」（無神論者＝放蕩者）がここでもまた問題になるはずなのだが、どうしたわけか「ロラ」の時よりもだいぶトーンが下がっていることに留意する必要がある。たしかロラは叫んでいたはずだ。

　おおキリストよ、わたしは汝の聖なる言葉など信じない。

そしてまたロラの放蕩の実践は主体的な選択の結果でもあった。しかしながら『世紀児の告白』のなかでは無神論も放蕩もかなり後退（？）しているのだ。すでに「あらすじ」で見たようにオクターヴの放蕩はみずから進んで選び取ったものではない。友人のデジュネーの使嗾《しそう》によるものだ。そこにはオクターヴ＝ミュッセの積極的「働きかけ」は見られない。

無神論の揺らめき

では無神論についてはどうだろうか。『世紀児の告白』のなかには神を冒瀆する言葉はない。キリスト教が問題になるのは小説の終わり近く、オクターヴが気を失って横たわるブリジットの胸にわれ知らずナイフを突き立てる誘惑に駆られる場面だ。白い乳房の間に黒い十字架を目にしたときオクターヴは突然恐怖に襲われる。

「『主よ、神よ、と私は震えながら言った、主よ、神よ、おん身はそこにおられたのですか』

キリストを信じない人々よ、このページを読んでほしい。私もキリストを信じなかった。学校でも、子供の頃も、大人になっても、教会には足を運ばなかった。私の宗教は万一あったとしても祭式も信仰告白もないものだった。形のない、礼拝もない、啓示もない神しか信じていなかった。若くしてすでに前世紀のあらゆる書き物に毒されて、そこから、不敬虔という不毛な乳を吸ったのだ。人間の自尊心、この利己主義者の神が私の口を祈りに対して閉ざし、いっぽう、おびえた私の魂は虚無の希望に逃げ込んだのだ。」

『世紀児の告白』における無神論が消極的なものであることがこの一節によく示されている。さらにもう少し先ではもっと決定的な言葉が口にされる。

「苦痛こそがおん身を神としたのです。呵責の道具こそがおん身が天に昇るのを助け、両手を開いておん身を輝かしい父のみ胸に運んだのです。そして、おん身を父のもとに連れて行ったのは苦痛でしたが、わたしたちをおん身に導くものもまた苦痛にほかなりません。茨の冠を戴いてはじめて、わたしたちはおん身の像の前に行って身を屈めるのです。血まみれの手でもってはじめて、わたしたちは血の滴るおん身の足に触れられるのです。そしておん身は不幸な人々に愛されるためにこそ、殉教を耐え忍ばれたのです。」

オクターヴは絶望の果て苦悩する自分を、十字架上の苦悩するキリストに重ね合わせる。愛ゆえに傷つき苦しむオクターヴ＝ミュッセは、キリストの十字架上の磔刑に深い共感をそそられる。キリストもまた人類への愛ゆえに苦しみ、血を流したのではなかったか。愛ゆえに苦しむオクターヴ＝

ミュッセはキリストに立ち帰る。苦悩の果ての回心。これを見てもミュッセの求めていた理想の現世的愛が宗教的救済に近いものであったことが確かめられるだろう。それだけにミュッセが恋人を決定的に失ったときの絶望と苦悩の深さが思われる。

『世紀児の告白』の無神論＝放蕩の消極性＝受動性を退歩であると批判することは適当ではないだろう。「ロラ」のそれが虚勢であったのかもしれない。本当の苦悩に遭遇したとき神的なもの、絶対的なもの、確かな拠り所のようなものが求められたのかもしれない。それは必ずしもキリスト教の神とは重ならない、別の名前を持つ者かも知れない。だとすれば無神論の揺らめきのなかに退却を見るのではなく、サンドとの恋の払拭しえない暗い影をこそ読み取るべきだろう。

Ⅳ　苦悩の詩学

大恋愛のあと

数々の恋愛

サンドとの恋の破局のあとミュッセは愛することをやめたわけではない。すぐ後に「八月の夜」のなかで「苦しんだあとでなおも苦しまなければならない。愛したあとで絶えず愛さなければならない」と揚言した詩人に似つかわしく。

サンドと別れて一年ほど経って、一八三五年の夏、ミュッセは友人の妹、ジョベール夫人と関係を結ぶ。彼女はミュッセより七歳年上で、小柄で——詩人が「誰よりもおちびさん」と呼んだほどだ——、上品で、教養のある洗練された女性だった。彼女のサロンは知的な雰囲気に包まれていた。この関係は三週間の束の間のものだったが、その後美しき友情、「名状しがたい感情」が長くつづくことになり、彼女は長いあいだ詩人の「代母＝後見人」marraineをつとめることになる。

この二人の関係は短篇「エムリーヌ」（一八三七）のなかの青年ジルベールと若い伯爵夫人エムリーヌとの恋愛に転調されている。伯爵夫人は一途な青年の恋をいったんは受け入れるが、夫と恋人の間で悩んだ末に道ならぬ恋（愛欲）を断念して美しき友情を選び取り、夫の許に戻ってゆく。

上流婦人との恋のあとに庶民的な恋が来る。

ポールが伝えるところのグリゼット（浮気な町娘）との束の間の恋だ。「一八三六年のサロン」の校正刷りが出た頃のこと。ミュッセがふと窓辺で中庭をはさんだ向かいの建物に目をやるとても素敵なグリゼットが窓辺に佇んでいるのを認めた。詩人に気がつくとにっこり微笑んだ。詩人も軽く会釈して仕事に戻った。それからはお互いに意識し合って、段々エスカレートして投げキスを交わすようになった。そんな風に親密の度が急速に深まった頃、詩人は親友のタテに誘われて別荘に遊びに行き、パリをしばらく留守にする。ルイーズ――これがそのグリゼットの本名だった――は詩人のつれなさを怨《えん》じる手紙を書き送ってきた。恋の苦しみに通じた詩人は女の気持ちを察してパリに戻りルイーズを親友の別荘に招待する。だが浮気なグリゼットのこと、この恋は間もなく破局を迎える。

この束の間の恋は短篇「フレデリックとベルヌレット」（一八三八）のなかに昇華されることになる。『ボエーム』のミュルジェールに先駆けてミュッセはグリゼットを永遠化したといえるだろう。ミュッセが描くところのグリゼットは、カルチエ-ラタンの学生や貧乏芸術家らを相手に恋を語り合ったり浮かれ騒いだりする、浮気だが根は気のいい町娘たち（多くはお針娘や囲われ女）で、貧乏だけれどもいつも唇に歌を絶やさず気丈に生きている。グリゼットを描いた短篇にはほかに「ミミ＝パンソン」（一八四五）や「ジャヴォットの秘密」（一八四四）がある。グリゼットにはミュッセの女性的分身が投影されているといえようか。

エメ＝ダルトン

一八三七年三月頃からはエメ＝ダルトンが詩人の心を捕らえる。ミュッセはこの女性とジョベール夫人のサロンで出逢った。彼女は実はジョベール夫人の従妹だった。エメ＝ダルトンは若くて（ミュッセより一つ年下）魅力的だった。それに頭もよく、詩人の作品のファンでもあった。エメ＝ダルトンの方が積極的で、酒や遊蕩に溺れている詩人に手を差し伸べ、詩作に励むように助言する。

ミュッセもエメ＝ダルトンを熱愛した。その証拠には、この恋愛がはじまった頃にリセの旧友オルレアン公が提供してくれたマドリッド大使館のポストを恋人から離れたくない一念であっさりと断ってしまったほどだ。詩人は大胆にも家族の目を盗み、グルネル通りの自宅に恋人を招じ入れて情熱的な逢瀬を楽しんだこともある。

しかしながらミュッセは、エメ＝ダルトンが結婚を申し込んだときはなぜかきっぱりと断った。彼女が非常な金持ちだったので引け目を感じたのだろうか。あるいはこの女性を幸せにする自信がなかったのだろうか（ミュッセの死後、兄のポールが一八六一年にエメ＝ダルトンと結婚することになるだろう）。

二人の関係は三八年の終わりないしは三九年の初めまでつづいた。ほぼ二年ほどの関係だったが、三八年の初め頃からはミュッセの心はすでにほかに移っていた。歌手のポリーヌ＝ガルシアや人気女優ラシェル、それにプリンセス＝ベルジオジョーゾに。

エメ＝ダルトンとの恋愛は、ミュッセの白眉の短篇「チチアンの息子」のなかに一六世紀末ルネサンス期のヴェネチアに舞台を移されて描かれることになる。大画家ティツィアーノ（通称チチアン）の息子のピッポは偉大なる父の栄光を汚すことをはばかって絵筆を取ろうとせず、賭博と酒と女に沈湎《ちんめん》する自堕落な生活を送っている。すでに莫大な遺産の大半を蕩尽してしまったが、恬《てん》として恥じるところがない。彼にはベアトリーチェなる愛人がいる。彼女はヴェネチアでも指折りの名門の出自で今は夫に先立たれた若い寡婦。その美貌はヴェネチア一との評判もあり、結婚話は降るほどあるが、彼女は一顧だにせず、あたら才能を浪費している恋人に絵筆を執らせようと自ら裸身をさらしモデルをつとめる。画家としての栄誉よりは恋愛を選ぶピッポと、恋愛と栄誉の両立を図るベアトリーチェの間の葛藤。ピッポに傑作を書かせようと涙ぐましい努力をするベアトリーチェのなかに、エメ＝ダルトンの面影を認めることができるだろう。

ポリーヌ＝ガルシアには拒絶されたが、人気女優ラシェルについてはその才能に魅了され、彼女のために悲劇を書きたいと思い、何度も彼女に約束もし挑戦もしたがついに実現を見なかった。その関係も断続的で束の間であった。

ミュッセはプリンセス＝クリスティナ＝ディ＝ベルジオジョーゾとは一八三五年以来の知り合いで彼女のサロンの常連だった。彼女はミュッセより二歳年上で、一八〇八年にミラノで生まれた。

ベルジオジョーゾ（上）とラシェル

結婚によってプリンセスとなったが、政治的に過激な思想の持ち主であったために故国を追われて亡命生活を余儀なくされ、一八三〇年パリにやってきた。彼女のサロンはたちまち評判を呼び、注目を集めた。漆黒の豊かな髪、青白い肌、大きな瞳、愁いを帯びたような表情、ほっそりとした体つき。「おとぎ話のお姫さま」を思わせる臈《ろう》長けた貴婦人。心霊術に凝る変わった女性でもあった。ミュッセは早くからプリンセス＝ベルジオジョーゾに惹かれて何度もモーションをかけた。触れなば落ちんといったコケットリーを見せて詩人に大いに気をもたせたが、最後まで彼女は詩人に心を許さなかった。六年ほどの長いつきあいの後、一八四二年になってミュッセは憾《うら》みをこめたスタンス「死んだ女について」（一八四二年秋）を書いて、彼女の前から姿を消した。

彼女は死んでしまった、ちっとも生きなかったのだ。
彼女は生きている振りをしていた。

彼女の手から書物が落ちた、
彼女がその中になにも読みとらなかった書物が。

上に拾い上げなかった小さな恋、娼婦たちとの付き合いなどもあった。しかし、若い頃からの荒淫の付けだったのだろうか、三〇歳の坂を越えた頃から――プリンセス＝ベルジオジョーゾと別れてからはとみに――詩人の情熱の火が衰えていったことは否定しえない事実だった。青春の盛りであるはずの年代に早くも衰えを感じ、青春と別れを告げることになることを予感した詩人の心境はどのようなものだったろうか……。

多産な期間

大恋愛とその後のいくつかの恋の期間はミュッセはあまり作品を書かなかったのだろうか。否、予想に反してこの期間は実に多作だ。この数年間はミュッセの生涯でもいちばん稔り豊かな時期で、傑作が次々と書かれた。ミュッセにあっては感情のテンションの高まりは創作力を刺激するようだ。試みに、主な作品名を挙げてみよう。まず詩篇では、「五月の夜」「一二月の夜」「八月の夜」「一〇月の夜」からなる「夜」の連作、「ラマルチーヌ氏への手紙」、「マリブランに捧げる詩」「神への希望」「思い出」。劇作は『ファンタジョ』『戯れに恋はすまじ』『ロレンザッチョ』『シャンドリエ』『なにごとも誓うなかれ』『気まぐれ』。散文ではすでに検討した長編『世紀児の告白』、中編「二人の恋人」、ほかに多くの中・短編。

この時期で注目すべきは詩篇と劇作に加えて、一八三七年八月の短編「エムリーヌ」を皮切りにミュッセが多くの中・短編小説を書くようになったことだ。すでに触れたようにミュッセは《両世界評論》誌の専属寄稿者として詩篇や芝居などは発表していたが、小説ははじめてのジャンルだ。それはもっぱら生活の必要から出たものだった。詩人の意に染まず、いやいやながら書き始められた中・短編小説だったが、ミュッセらしい洒落た味わいのある作品が多く、独特な魅力を持っている。あの小説の大家バルザックが絶賛したほどだ。すでにそのいくつかに触れたが、その多くは詩人の実際の体験や見聞を基にしている。

生活のためといえば、ミュッセは一八三八年一〇月に内務省付属図書館員に任命されている。むかしの高校時代の同級生、オルレアン公の口利きによるものだった。年俸三〇〇〇フランは十分な額ではなかったが、閑職であるという点、それになによりも定期的収入が確保されるという点が魅力だった。

これからサンドとの出逢いのあとに書かれたミュッセの詩篇を俎上に載せることにするが、その前にあらかじめ断っておかなければならないことがある。

ミュッセの詩篇は二つの時期に分類されるのが一般である（この分類は作者ミュッセの意志を尊重したものだ）。『初期詩集』と『新詩集』だ。前者は一八二九年から三三年までに書かれた作品を集めている。サンドとの出逢い以前の作品とほぼ考えてよい。われわれがすでに検討した詩篇はほとんどが『初期詩集』に所収の作品だ。ただ「ロラ」だけは時期的には『初期詩集』に収められるべき作品だが、もっぱら分量の関係かと思われるが『新詩集』に分類されている。なお、すでに組上に載せたいくつかの劇も『ヴェネチアの夜』を除いてすべて『初期詩集』に収録されている。『新詩集』に収められた作品は一八三三年以降一八五一年までのものを含むが、サンドとの出逢い以降四〇年頃までの詩篇が大部分である。

成熟と本領――『新詩集』

『新詩集』の構成

この詩集は七一編からなるが大きく二つの部分に分けることができる。巻頭の「ロラ」から「神への希望」までの息の長い重い内容の作品群（第一詩群＝一〇編）と、比較的に短い作品や、軽い内容の作品（かなり長い作品もいくつかあるが）が続く詩群（第二詩群＝六一編）とに。詩篇数は相当な開きがあるが分量的には二対三ぐらいの比率だ。つまり第一詩群はすべて非常に長い作品からなるということだ。

これまでミュッセは斜《しゃ》に構えた軽妙洒脱な詩篇、伝統的な韻律を平気で無視するような破格詩を書くことが多かったが、第一詩群ではロマン派詩の本道である本格的抒情詩に挑戦している。そこで詩人は自己の哲学を語り、自己の恋愛を歌っている。第二詩群は風刺的対話詩、恋愛詩、友人・文学者・家族などに捧げられた詩や、パスティーシュなどテーマや形式が多岐に渡っている。すでに検討した第一詩集や第二詩集にも見られた皮肉と機知も随所に顔を見せている。ただ言えることはここでも以前に比べてプロゾディーに関しては奇を衒《てら》わず、成熟が見られるということだ。それは、例えばフランス詩の基本である一二音節詩句への回帰とか、ソネットのような定型詩の多用などによく示されている。

詩篇数も多いので取りあげる作品は当然絞らざるをえない。ミュッセの成熟と本領がよく示されている第一詩群に主に焦点を合わせて見てゆきたいと思う。

『新詩集』の全体的印象について実は詩人自身が語っている作品がある。巻末におかれた「読者へのソネット」だ。

昔ながらのしきたりに従って、読者よ、今までは、
私は最初のページで「はじめまして」と言ったものでした。
このたびは、私の本の終わり方は陽気にとはいきません。
実際、この世紀は嫌な時代です。

すべては過ぎ去ります。別の時代の快楽や風俗も、
王様たちも、敗れ去った神さまたちも、勝ち誇る偶然も、
私をお利口さんすぎると思ったロザリンドとシュゾンも、
私を子供扱いした老ラマルチーヌも。

ああ　政治！　私たちの悲惨の元凶。
私の好敵手たちは政治をしなさいとご忠告。
今夜は赤、明日は白なんて、真っ平ご免です。

読み終えたらもう一度読んでもらえるのが望みです。
もし私の竪琴《リラ》の上で二つの名前が混線するようなことがたまたまあれば、
それはやっぱりニネットかニノンでしょう。

ミュッセ一流のおどけた調子で語っているが、その言わんとすることは真面目だ。屈折した表現や、以前の作品のヒロインへの言及などもあってかなり分かりにくい詩篇なので、少し敷衍しておこう。

『新詩集』がこれまでの詩集とは趣きを異にして、ちょっぴり辛口の深刻な内容も含んでいることと。自分の生きている時代への批判。政治も、宗教も、道徳も、ロマン派的趣味も、ロマン主義(ラマルチーヌはその象徴的存在)すべては空しいこと。要するに流行《はやり》ものは廃《すた》りものということだ。特に政治については念押しをしている。最後に、楽しい作品――ニネットとニノンは「乙女たちはなにを夢見るか」の双子の姉妹――もまた書きたいと考えているので引き続きのご贔屓を、と読者に呼びかけている。

すでに俎上に載せた、ミュッセの宗教や政治、文学についての考え方が確認されているわけで、これ以上の解説は不要だろう。『新詩集』の意気込みのほど――重い作品の存在――がよく伺えるとだけ言っておこう。

軽い作品から

しかし、まずは「軽い」作品からはいることにしよう。「隣の女のカーテン」と題された一編。

隣の女のカーテンが
ゆっくりと上がってゆく。
ちょっぴり外の空気を
　吸い込むつもりか。
窓がわずかにあけられる。
心臓がどきどきしてくる。
わたしがうかがってるかどうか、

ポリーヌ＝ガルシア

女は知りたいのだ。

だが、ああ、それはただの夢。
隣の女は間抜けな誰かさんにホの字です。
カーテンの端が風に
めくれただけのことでした。

次に「某嬢へ」と題された作品。この「某嬢」とはミュッセに肘鉄を食らわせた歌手、すでに名前を挙げたポリーヌ＝ガルシアだといわれている。

そうなんです、女性たちよ、人々がなんと言おうと、
あなたがたには、微笑ひとつでわたしたち男を
陶酔に、はたまた絶望に突き落とす
そんな恐ろしい力がおありです。

そうなんです、ちょっとした言葉も、いや、沈黙ですらも、

上の空のまなざしや皮肉なまなざしも
あなたがたを愛している男たちの心臓に
短刀をぶすりと突き立てるのです。

そうなんです、あなたがたの思い上がりはとどまるところを知りません、
だって、男たちは意気地なし、
あなたがたの弱さにすがるほかに
とてもあなたがたの力に太刀打ちできません。

けれどもこの世の力という力は
みだりに使いすぎれば亡びる定めです。
黙《もだ》し苦しむすべを知っている男は
泣きながらあなたがたのもとを去るのです。

男が耐えしのぶ苦痛がなんであれ、
その悲しい役割は世にも美しいもの。

女の首切り人の仕事よりも
男の受ける責苦の方がずっとわたしの好みです。

最後に、第一詩群の作品と同じテーマを取りあげながら抑制した語り口で処理した佳品「悲しみ」を読むことにしよう。

私は力と命を失った、
友らも明るさも。
人々にわが天才を思わせた
矜持《ほこり》までも失った。

「真理」を知ったとき
友かと私は信じた。
理解し感じたとき
私はすでにうんざりしていた。

しかし「真理」は永遠のもの、
それを必要としなかった者は
この世でなにも知らなかったのだ

神は語る、人はそれに答えなければならない。
この世で私に残されたただ一つの財産、
それは幾度か涙したことだ。

ボードレールは『悪の華』所収の「敵」という詩篇のなかで「私は今や思想《イデー》の秋に触れてしまった」と沈吟したが、ミュッセもまた同じ感慨ではなかったか。「思想の秋に触れてしまった」者の「悲しみ」。上の詩篇ではその「悲しみ」はあくまで小声で密やかに語られている。それは詩人の諦めの気持ちがなせる業なのか（「悲しみ」は一八四〇年作だ）。いずれにせよ、第一詩群の諸作品が真っ向から立ち向かっているのは「幾度か涙した」体験だ。そこでミュッセがおこなっていることは「涙を真珠に変えること」だ（「即興曲」）。

われわれがこれから取りあげようとする作品は、すでにその名を挙げた「夜」の連作四篇、「ラマルチーヌ氏への手紙」、「神への希望」の六編だ（長詩「ロラ」はすでに取りあげた）。いずれも傑作の誉れが高く、ミュッセの代表作ばかり。この六作品は『新詩集』の中核的作品であり、この詩集のエッセンスを体現しているといえるだろう。

呻きつつ求める無神論「神への希望」

ミュッセの無神論についてはすでに取りあげる機会があった。『新詩集』はこの問題に最終的な結論を出していると言えるだろう。しかしその答えはすっきりしたものではない。むしろ両義的と形容したほうがいいのかもしれない。いや、それは答えというよりか願望と言い直すべきだろう。神は死んだ。しかし絶対者を求める心性（信仰心）は残る。そして新しい神を求め、待望する。「神への希望」の次の詩句を見よ。

私は苦しむ、遅すぎるのだ、世界は年老いた。
巨大な希望は地球を横切ってしまった。
われにもあらず天の方へ眼を上げなければならない。

そう、問題は「天」なのだ。無限＝絶対者に対する憧憬＝問いかけ――これこそが人間を人間たらしめている証しなのだ。酔生夢死はミュッセのよくするところではない。

心安らかに生きるために天を覆い隠さなければならないとしたら、
一体この世界はなんなのか、ここにわれわれは何をしに来たのか。
羊の群のように目を地上に釘づけにして通りすぎ、
それ以外は認めないこと、それが果たして幸福であることか。
いな、それは人間であることをやめ、魂を堕落させることだ。
偶然が私を創造のなかへ投げ込んだ。
幸福であれ、不幸であれ、私はひとりの女から生まれた。
そして私は人間性の外へ遁れることはできないのだ。

人間であることの誇りだけは失うまいとするミュッセの誠実さをここに認めることが出来るだろう。これが出発点だ。人間は何をなすべきか。ミュッセの試行錯誤がはじまる。兄のポールによれば弟はプラトン、エピクロス、スピノザなど古今東西の哲学書を貪り読んだという。さもありなん。「神への希望」の九七行目から一一五行目までを読まれんことを（ちなみにこの作品は全二四九行の長詩だ）。

啓示に拠らないですべてを説明してくれる

哲学があると、人は言う。
それは、無関心と宗教のはざまで
この人生を生きるわれわれを導くことができる、と。
よろしい。——どこにいるのか、信仰をもたずに
真理を見いだすことのできる体系の作り手たち、
自分自身しか信じない無力なソフィストたち、
彼らの議論と権威とはいかなるものか、
ある者［マニ教］は、交互に打ち負かされながらもそれぞれが不滅である、
相争う二つの地上的原理を示す。
またある者［有神論者＝人格神論者］は、かなたの寂しい空の下に
祭壇を求めない無用の神を発見する。
プラトンは夢想し、アリストテレスは思考する。
私は耳を傾け、喝采をおくり、そしてわが道を辿る。
絶対君主のもとには専制的な神がいる。
今日日《きょうび》、人［ラムネー］は、共和主義的神を語る。
ピュタゴラスとライプニッツは私の存在を変える。

デカルトは旋風の中心で私を見捨てる。

モンテーニュは自己を検討するが、自己を認識できない。

パスカルは震えながら、自分自身が見たものから遁れる。

ピュロン［古代ギリシアの哲学者、懐疑派の鼻祖］は私を盲目にし、ゼノンは無関心にする。

ヴォルテールは立っていると見えるものはすべて打ち倒す。

スピノザは不可能を試みるのに疲れて、
自分の神を求めて果たせず、至るところに神が見いだせると思い込む。

イギリスの詭弁家［ジョン＝ロック］にとっては人間は機械だ。

ついに霧のなかからドイツの雄弁家［カント］が現れる。

彼は似非哲学の破産を宣告し、
天は空っぽだと宣言し、虚無という結論に達する。


見られるとおり、ミュッセは古今東西の宗教、哲学、思想の空しさを確認する。残された道はあるのか。懐疑の末に得たミュッセの結論は神への信仰は賭のようなものだということだ（パスカル的な意味での賭だ）。虚無を選ぶか、神を選ぶか。救われる確率はどちらが高いか。虚無を選んでも救われる可能性は皆無だ。神を選べばどうか。やはり救われないかもしれない。しかし、ひょっとすると……。同じ負けるならば少しでも希望がある――確率が高い――方がいいのではあるまいか。

　そうだ、祈りは希望の叫びだ！
　神に答えてもらうためには神に話しかけよう。
　［……］
　もしも天が砂漠でも、われわれは誰も傷つけることはない。
　もし誰かがわれわれに耳傾けてくれるなら、われわれを憐れんでほしい！

　この詩篇が問題とするのは既存の神への信仰ではなくて、来たるべき「神への希望」だ。ここに見られるのは呻きつつ求める無神論、「苦悩するニヒリズム」（アラン＝エヴァエール）である。これが神をめぐる議論に対するミュッセの最終的回答である。
　まだ見ぬ神への希望。呻きつつ求める無神論。これが『新詩集』の思想的背景だ。すべての問題はこれを軸に展開する。すべての問題？　すべての問題はミュッセにあって「愛、この地上の唯一の財」に還元される。

「ラマルチーヌ氏への手紙」の真意

「ラマルチーヌ氏への手紙」は一二音節詩句（アレクサンドラン）の二八〇行におよぶ雄編だが、内容的には三つの部分に分かつことができる。その一は冒頭から一〇四行目までで、ラマルチーヌを誉め讃えている部分（第一分節と呼ぶことにする）。その二は一〇五行目から二三二行目までで、ミュッセが自分の不実な恋人との不幸な体験を語る部分（第二分節）。その三は二三三行目から最終行までで、ラマルチーヌを批判して自分の所説を開陳する部分（第三分節）。ミュッセがラマルチーヌに対して屈折した感情を抱き、批判的でさえあったことはすでに見た。この詩篇ではミュッセは先輩詩人に対する自分の感情を洗いざらいぶちまけている。

ラマルチーヌ

ミュッセは自分が多大の影響を蒙り尊崇もしていたバイロンへの賛辞から詩篇をはじめる。これはかなり戦略的な書き出しだ。ラマルチーヌもまたバイロンの崇拝者であり、イギリスのロマン派詩人に捧げた「人間」という作品がある。ミュッセはデビュー当時からバイロンの影響を云々されて反論したこともあるが、英国詩人への大いなる敬愛の情は終生変わることはなかった。そしてバイロンは自分を尊敬する海の彼方の後輩詩人、ラマルチーヌを受け入れた（らし

ロマン派の英雄バイロン

い）のだ。ここでのミュッセのバイロン賛辞はなくもがなであり、ラマルチーヌがだしにされている節もあるようだ。それはともかく、桂冠詩人になったラマルチーヌに「大バイロンのように今度は私を迎えて下さい」とミュッセは先輩詩人に頼む。そしてラマルチーヌ讃美の詩句が続くことになるのだが、この賛辞が心底からのものなのかどうかは眉に唾する必要があるだろう。

問題の個所を次に写そう。

詩人よ、私があなたに書くのはあなたに次のことを言いたいがため、
私は愛していること、一道の陽光が私のもとまで落ちたこと、
大きな悲しみと極度の苦痛の一日に
私が流した涙ゆえにあなたのことを思ったこと、を。

ラマルチーヌよ、私たちのなかの誰が、私たち青年のなかの誰が
恋人たちに鍾愛《しょうあい》されたあの歌を、ある夕まぐれ、湖のほとりで
あなたが歌ってくれたあの歌をそらんじていないだろうか。

ここにほのめかされているラマルチーヌの詩が有名な「みずうみ」であることは今さら言うまでもないだろう。ちなみに「みずうみ」の二詩節を引いておこう。

ある晩、おまえは覚えているか。わたしたちは黙って舟を漕いでいた。
波の上、空の下、遠く聞こえて来るのは
波をリズミカルに打つ耳に快い
　オールの音だけだった。
［……］
おお、みずうみよ、もの言わぬ岩々よ、洞窟よ、暗い森よ、
時間が見逃す、あるいは時間が若返らせるおまえたちよ、
とどめてくれ、美しい自然よ、とどめてくれ、あの一夜の
　せめて想い出だけは

慈母のように悲しみを慰めてくれる「美しい自然」というロマン派神話。この詩のこれからの展開を考えるとき、きっちりと確認しておきたい神話だ。われわれはすでにこの神話を批判した次の詩句を紹介しておいた。

しかしわたしは嫌いだ、泣き虫や、小舟の上の夢想家や、
夜の、湖の、滝の恋人たちは。（「『杯と唇』の献辞」）

この詩句を想起すれば如上のラマルチーヌ讃美がいかに空々しいものであるかが納得されよう。ミュッセの鉄面皮ぶりも相当なものだ。

「不実な恋人」への呪詛

話をもとに戻そう。ラマルチーヌ讃美の内実はともかくとしてミュッセがそもそもなぜ「みずうみ」の詩人に語りかけたくなったのか、その動機が前掲の詩句にはうかがえるのだ。こちらの方が肝心な点だ。それはラマルチーヌがほかでもない、愛を歌った詩人だったからだ。愛の悲しみを、愛の苦しみを歌った詩人だったからだ。ラマルチーヌに対して一度はノーを宣告したミュッセであったが、愛し、苦しみ、涙に暮れたときラマルチーヌのことが痛切に思われたのだ。兄のポールの言によれば、ミュッセは貪るように『瞑想詩集』を再読したといわれる。先輩詩人に確かな指針を仰ぎたかったからにちがいない。ミュッセはおもむろに自分の不幸な恋を語り出す（第二分節へ）。

ここで問題になっている「不実な恋人」は恐らく『世紀児の告白』のあの未亡人にちがいない。ただここにはジョルジュ＝サンドが二重写しになっていることも否定できないだろう。ミュッセは

サンドとの恋を体験することによって新しい人間に生まれ変わったのだと言える。この体験が過去の恋愛体験に投影されてそれを逆照射する。「過去」は新しい意味を帯びる。サンド体験をくぐり抜けることによってミュッセの感受性は鋭敏になっている。不実が繰り返されたことによって女性不信は増幅され固着する。

その呪いの声を聴こう。ミュッセは女の不実が自分にもたらした苦悩を、丹誠こめて育てた作物のすべてを雷の一撃によって一瞬にして失った農夫のそれにたとえる（ミュッセにとって自然は決して「美しい」ものではない）。次の引用詩句の冒頭の「それ」は「農夫」をさす。

それと同じく、不実な恋人に棄てられて
初めて苦悩を知ったとき、
とつぜん血のしたたる矢に身を刺しつらぬかれて
私はひとり、心の暗闇のなかに坐った。
それは清澄な波をたたえた湖のほとりではなかったし、
丘の斜面の花咲く草の上でもなかった。
涙があふれた私の目には虚空しか見えなかった、
押し殺した歔《すすり》欷《なき》はこだまを呼び起こさなかった。

それはパリと呼ばれる巨大な掃き溜めの、
曲がりくねった薄暗い通りのなかだった。

美しい自然のなかでの失意ではなくて都会の喧噪のなかでの失意。都会派ミュッセの面目躍如といったところか。ミュッセのロマン派的自然への嫌悪はやはりきちんと押さえておくべきだろう。このあと「不実な恋人」に対する嘆き節と移ろいやすい人間の心に対する呪詛がひとしきり続くが、その後でミュッセは返す刀でラマルチーヌに切りつける（第二分節から第三分節へ）。

霊魂不滅説　ミュッセはラマルチーヌの恋愛体験の不徹底さとその甘さを難詰する。ここにはミュッセの屈折した自負がある。自分こそ恋愛の酸《す》いも甘いも——とりわけ酸いを——知っている恋愛のプロだという意識。人に欺かれたときあなたは天を、また自分を疑ったことがあるかと、ミュッセはラマルチーヌに詰問する。その答えは「ノー」だとミュッセは断言する。その後に三六行におよぶその理由の提示と最後に魂の不死性に対する信仰告白がなされる。

その部分を写す前にあらかじめ予備的説明をしておく。

ミュッセは、ラマルチーヌは既成のキリスト教の神へ逃避した、と裁断する。それに対して自分は「私の神」つまり、まだしかと指し示すことはできないがきっと見出せるはずの神を求めていると。この特殊な無神論については「神への希望」を取りあげた際に詳述したのでここでは繰り返さない。ただミュッセがその突破口に愛を考えているらしいことが「ラマルチーヌ氏への手紙」のこの部分を読むと忖度《そんたく》される。それはミュッセが苦杯を嘗めた恋愛体験から得た処方箋だったようだ。愛に苦しみ、愛に裏切られても、なお人はふたたび愛し、愛しつづけなければならない。

その根拠になっているのが霊魂不滅説だ。これは正統的なキリスト教にはない考え方で、むしろギリシア的な発想だ。聖書的世界観は一元論で、人間は霊肉一体である。人間は霊肉一体のものとして復活して永遠の生を生きる。キリスト教徒が肉体を無にしてしまう火葬を嫌うゆえんだ。しかしミュッセは肉体が灰になろうが埃になろうがまったく意に介しない。肉体は滅んでも霊魂《たましい》は不滅である（Ton âme est immortelle）からだ。そしてまさしく愛は魂に関わっているのだ。ここで注意すべきはミュッセは感情的＝情動的主体である「心」cœur と知的＝霊的主体である「魂」âme をはっきりと区別して使っていることだ。愛は心から発し魂に終わらなければならない。

これだけの予備知識があれば十分だろう。さあ、問題の三六行を写すことにしよう。

否、アルフォンス、決して。悲しい経験は
灰をわれわれにもたらしはするが、火を消すことはない。
摂理によって作られた不幸をあなたは敬う。

あなたは不幸をやり過ごし、あなたの神を信じている。
私の神はいかなるものであろうと私のもの。信仰というものは二つとはない。
私はその神の名をば知らない、私は天空《そら》を見つめた。
天空が神のものであり、それが広大無辺であり、
広大無辺さは二者に属しえないことを私は知っている。
私は若くして厳しい苦悩の数々を知った。
私は木々が緑になるのを見、そして愛そうとした。
私は大地が飲み込んだ希望のなんたるかを知っているし、
大地から取り入れるためにはなにを播かなければならないかも知っている。
しかし、私が感じたこと、あなたに書きたいと思うこと、
それは苦痛の天使たちが私に教えてくれたことだ。
私はそれをよりよく知っており、よりよくあなたに伝えることが出来る。
というのも天使たちの剣はわたしの心臓に突き刺さり、それを刻みつけたからだ。

ひととき動き回るかりそめの生き物よ、
なにを嘆きにやって来、なんのゆえにおまえは呻くのか。

おまえの魂はおまえを不安にし、おまえは魂が泣いていると思い込んでいる。
おまえの魂は不滅だ、そしておまえの涙はすぐに涸れるだろう。

おまえはおまえの心が女の気まぐれに捕らえられたと感じ、
苦しみの余り心が砕けてしまうと言う。
おまえは神に、おまえの魂を慰めてくれと頼む。
おまえの魂は不滅だ、そしておまえの心はすぐに癒えるだろう。

一瞬の後悔がおまえを動揺させ、おまえを食い尽くす。
過去がおまえの未来を蔽い隠してしまうとおまえは言う。
過ぎた日のことは嘆くな、夜明けが来るのを待つがよい。
おまえの魂は不滅だ、そして時はすぐに逃げてゆく。

おまえの身体は思考の病いに打ちのめされている。
おまえはおまえの額が重く垂れ、膝が折れるのを感じる。
倒れよ、ひざまずけ、狂える生き物よ。

おまえの魂は不滅だ、そして死はすぐにやってくる。
棺のなかでおまえの骨は埃と化すことだろう。
おまえの記憶も、おまえの名も、おまえの栄光も亡びるだろう。
しかし、おまえの愛だけは別だ、もしそれがおまえにとってかけがえのないものであるならば。
おまえの魂は不滅だ、そしてその愛を決して忘れることはないだろう。

分身の揺曳
「一二月の夜」

四編の「夜」の連作は普通は一括して取りあげられるが、「一二月の夜」だけは異質であり、別個に取りあげるのが本来の筋だろう。ほかの作品はすべて「ミューズ」と「詩人」の対話からなるが、この作品だけはほぼ「詩人」の独白であるから（最後に「影」が登場するけれども）。「一二月の夜」は影（分身）を取りあげている。もっと正確に言えば自己像幻視 autoscopie の現象である。

ところで、「一二月の夜」はジョルジュ＝サンドに触発されて書かれたのだという説がある。

私は前日の手紙や髪の毛や
愛の形見を集めていた。

この過去はすべて束の間の
永遠の誓いを私の耳もとに叫んでいた。

以下、失恋への激しい呪詛が四〇行ほどつづくことになるが、サンドは別れるに当たって髪の毛を愛の形見として詩人に贈ったという事実があり、上の推定はそれなりの根拠がある。しかし創作時期など――この作品は一八三五年一二月に発表された――からジョベール夫人を源泉と見る向きもある。ただしこの作品の場合はこの種の議論は無用だ。ここに想定されている失恋がどの女性に関わっているにせよ、問題とすべきはもっぱらショックの余波の方であるからだ。「詩人」の自我（意識）を揺るがしてその無意識をかいま見させる激しいショック（苦悩・絶望）が問題なのだから。その時「詩人」は自分の影と向き合う。

「詩人」は幼少のみぎりから「黒い服を着た」人物におとなわれる。それは「詩人」が悲しんでいるとき、苦しんでいるとき、絶望しているとき、つまり落ち込んでいるときに限ってそっとかたわらに現れる。それは「詩人」によく似た影（分身）なのだ。この黒衣の人物は何者なのか。《Qui donc es-tu?》（一体きみは誰なのか）という疑問文がリフレインのように何度も繰り返される。この作品はいわばミステリー「詩篇」だ。「いわば」ではなくて正真正銘の、と訂正すべきだろう。なぜなら「なぞ解き」もちゃんと最後に用意されているから。「涙の日にしか現れないきみは、兄弟よ、一体きみは誰なのか」という「詩人」の質問に答えて「影」は次のように答える。

天はきみの心を私に託した。
苦痛のなかにあるときは
心配せずに私のもとに来るがいい。
きみのあとについていくからさ。
でもきみの手に触れることはできないけど。
友よ、私は「孤独」というものなのだよ。

影は「詩人」の私（自我）が傷ついたとき帰ってゆくべき寄る辺にほかならない。傷ついた魂がひっそりと自分を見つめるべき避難所にほかならない。傷ついた魂が帰るべき場所は「美しい」自然のなかではない。自分のなかだ。孤独こそが苦悩する魂の相談相手（鏡）だ。影はやすらぎと内省を求める無意識の願望が人格化されたものだ。自我が揺らぐとき無意識がそっと顔を見せる。

「夜」の三部作

「五月の夜」「八月の夜」「一〇月の夜」はいわば三部作と見なすべきである。それぞれの月の名前もここでは重要な意味をこめられていると考えられる。春

（五月）はすべての生命の目覚めの時であり、甦りの時である。ヨーロッパの古来からの歌の伝統では「恋のはじまり」の季節でもある。夏（八月）は成長・成熟の時だ。秋（一〇月）は収穫の時であり、衰退の時でもある。この連作では自然の周期と恋の周期が二重写しになっている。またミューズへの愛と生身の女性への愛とが重ね合わされている。

留意すべき点はミューズが季節季節によって――「詩人」の恋の進展に連れて――その役割を微妙に変えていることだ。伝統的な意味での「文学的霊感」、恋人、母親＝乳母といった具合に。言うならば主体にして客体である。さらに重ねて留意すべき点は「夜」の連作は一般に思われているように恋愛を歌った詩篇ではないということだ。

確かに「詩人」のある特定の恋愛への言及がないわけではない。「不実な恋人」あるいは不幸な恋が問題にはなっている。それは『世紀児の告白』のなかのあの未亡人だとか、ジョルジュ＝サンドとか、エメ＝ダルトンだとかいろいろな推定がなされている。その種の特定作業がまったく意味がないとはいわないが、少なくとも「夜」の連作の解釈にとってはそれは飽くまでも二義的な意味しかない。なぜならここで問題になっているのは、苦悩・苦痛――恋愛には限らないが、ミュッセの考えでは恋愛こそがもっともその名に値する――のなかで、あるいはその後でも詩人はなおも詩人でありつづけることができるか、もしそれが可能であるとすればそのとき詩はいかなるものであらねばならないか、ということであるからだ。言い換えれば「夜」の三部作はメタ‐ポエジー（詩についての詩）にほかならないのである。

モデル問題をいうならむしろ「ミューズ」のそれを問題にすべきだろう。先ほども注意したように「ミューズ」はいくつかの役割を振り当てられている。作品を読めばすぐ看取されるように、ここで描かれているミューズは伝統的なそれのように抽象的な存在ではない。生身の女性のようなぬくもり、陰翳を帯びている。詩人を導く文学的霊感、母親、恋人とその性格を一つ一つ挙げてゆくとき、人は気づかないだろうか。それはまさしくミュッセが思い描く理想の女性像ではあるまいか。「夜」の三部作の「ミューズ」はユング心理学の「アニマ」（男性のなかにある女性的原理）にほかならない。ミュッセは自分の無意識的＝理想的女性像を「ミューズ」のなかに投影しているのだ。

先ほどの分身の問題とも絡んでくるのだが、ミュッセには自我の二重化の問題がある。自己像幻視 autoscopie は創造的な側面ももっている。自己を客体化し、さまざまな人格に自己を投影し一体化することができる。すでに見た初期詩篇の顕著な演劇性＝対話性もここに関わっている。ミュッセは男にも女にもカメレオンのように変身する。ミュッセの女性心理の解剖は定評があるが、実は詩人は自分のなかの「女性」を描いて見せただけなのかもしれない。ミュッセはすぐれて両性具有的存在（アンドロギヌス）である。

「夜」の連作は後年コメディー＝フランセーズの舞台に「演劇」として載せられたことを最後に付言しておきたい。

前置きはここまで。ではさっそく「夜」の三部作を読み始めることにしよう。

「五月の夜」

「五月の夜」はリュートを手にして歌おうとしない詩人の「怠惰」をなじり、なんとかして歌わせようとするミューズの必死の誘惑＝説得を取りあげる。

すべてが萌えだし花開こうとしている新生の春。詩人は、春の訪れとともに新しい恋の予感に心臓があやしく高鳴るのを感じる。ミューズはそんな詩人の心の動きを察知して詩人の関心を自分につなぎ止めようとする。ここでは詩人の女への愛（詩への不誠実）とミューズへの愛（詩への忠誠）が対立＝敵対するものとして措定されている。

詩人

なぜわたしの心臓はこんなにも早く打つのか。
いったい何がわたしのなかで騒ぎ
わたしをおびえさせるのか。
誰かがドアをたたいているのではないか。
なぜ消えかかった灯火《ともしび》がまばゆい光で目を眩《くら》ませるのか。

神よ！　体中がふるえる。
誰が来たのか。誰が呼ぶのか。——誰も。
わたしはひとり。時が鳴る。
おお　孤独！　おお　淋しさ！

ミューズ

詩人よ、リュートを手にしなさい。今宵《こよい》、
青春の酒は神の血管のなかで沸々とたぎる。
わたしの胸はあやしく騒ぎ、官能で締めつけられるようだ。
渇いた風にわたしの唇は火のようにほてる。
おお　怠惰な子よ！　ごらん、わたしは美しい。

いわばミューズは恋人と霊感の一人二役をつとめている（詩人はミューズに「わたしの恋人よ、わたしの妹よ」と呼びかける）。詩人が人間の女との恋に破れ死のうとしたときは慰めてやったではないか、それなのに懲りずにまたぞろ浮気の虫にとりつかれる詩人にミューズは手を差し伸べ、自分と一緒に詩の世界へ出発しようと誘う。

さあ、あなたは苦しんでいる。人知れぬ悩みに
蝕まれている。何かが心のなかで呻いている。
地上で見られる愛があなたをおとなった、
はかない快楽《よろこび》、見せかけの幸福《しあわせ》が。
さあ、神の前で歌いましょう。あなたの想いを、
あなたの失った快楽《よろこび》を、あなたの過ぎ去った苦しみを歌いましょう。
口づけのなかで未知の世界へ向けて出発しましょう。

このあともミューズは連綿と詩人をかき口説くが、詩人は一向に心を動かさない。「五月の夜」ではもっぱらミューズが働きかけ詩人は終始受け身の状態だ。ミューズは神＝天（歌）をめざすが、詩人は心＝地上（沈黙）に沈潜する。天／地、ポエジー／恋愛という対立の構図。詩人は自分のつとめ（歌うこと）を放棄して、恋愛（「心」）を思う。恋愛とはいってもここでは恋愛の苦しみ、愛することの苦しみの意味だが。詩人は揚言する。「口は沈黙を守り、心が語るのに耳を傾ける」と。ここにはミュッセの恋愛至上主義がよく出ている。歌うか、愛するか、二者択一を迫られれば

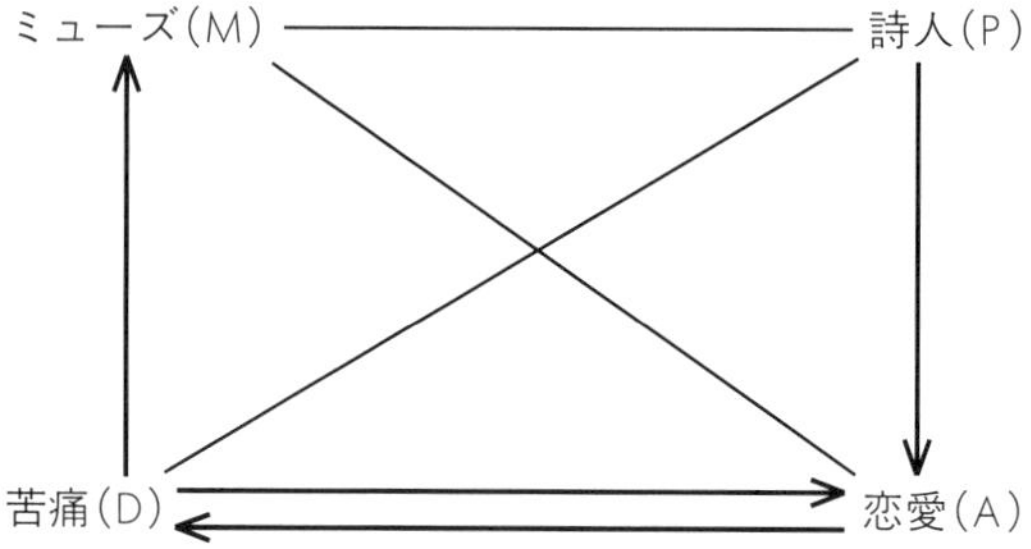

「夜」の連作の基本構造

ミュッセは迷わず愛することの方を選ぶだろう。恋愛（の苦悩）ゆえに歌うことを拒否する詩人に向かってミューズは苦悩（苦痛）こそが歌の原動力なのだと説得する。

大いなる苦悩ほどわたしたちを偉大にするものはない。
それに傷つけられたからといって、おお、詩人よ、あなたの声が
地上で沈黙しなければならないと思ってはならない。
もっとも絶望的なものこそもっとも美しい歌なのです。

ここには dolorisme（苦痛主義＝苦痛礼讃）の宣揚が見られる。恐らくこれこそが詩人が今おかれている苦境を脱する起死回生の論理のはずなのだが、まだ詩人は自分が圧倒されている苦痛・苦悩の重圧に押し潰されている。この苦痛を主体的に引き受ける必要があるのだ。「五月の夜」の詩人は『悪の華』の詩人の境地にはまだ達していない。

祝福されてあれ、わが神よ、おん身が与え給う苦しみこそ、

われらの汚れを浄める霊薬、
また、強き者たちを聖なる快楽《けらく》へといざなう、
無情の純粋な精髄《エッセンス》！　（「祝福」）

「五月の夜」には「夜」の連作の基本構図が示されている。その構図は前頁のようになるだろう。この構図を念頭において以下連作を読むようにしよう。

「八月の夜」

「八月の夜」の詩人は「恋愛」の極に引き寄せられて、ミューズをないがしろにしている。ここではミューズは放蕩息子を気遣う母の役目を演じている。詩を書くべき書斎を留守にして、夜な夜な歓楽の巷に浮かれさわぐ詩人の行為の空しさをミューズは諄々と説くが、詩人は一向に耳を貸さない。ミューズにとって詩人の態度は「一人の誠実な愛」に対する軽蔑＝冒瀆と映る。次に引く詩人とミューズの発言（別々の文脈からとられた発言だ）を読めば、この二人が完全に平行線をたどっていることが諒解されるはずだ。

ミューズ――

ああ！　わたしの恋人よ、あなたはもう詩人ではない。
なにものもあなたの黙しているリュートを目覚めさせない。
あなたはうたかたの夢のなかに心を溺れさせている。
あなたは知らないのだ、女の愛が
あなたの魂の宝を涙に変えて使い果たしてしまうことを。

詩人――

おお、ミューズよ！　死や生がなんだろう。
わたしは愛して、顔青ざめることを望むのだ、愛して苦しむことを望むのだ。
愛して、一度の口づけのためにわたしの才能を与える。
愛して、痩せた頬の上を尽きることのない
泉が流れるのを感じたい。
［……］
わたしは繰り返し繰り返しこう言いたいのだ、
恋人なくして生きることを誓ったのに、

愛に生き、愛に死ぬ誓いをまたも誓ったと。
［……］
苦しんだあとで、さらに苦しまなければならない。
愛したあとで、絶えず愛さなければならない。

詩人は恋愛至上主義を宣言している。確かに詩人とミューズは平行線をたどっているように見える。ただ、詩人が苦痛・苦悩とまともに対峙する姿勢を取り始めていることを見逃すべきではない。詩人はミューズから遠く遠ざかっているかに見えて、その実ミューズの方に引き寄せられているのだ。仏から逃げたと思いこんだ孫悟空が仏の手のなかを飛び回っていたように。「涙が真珠になる」日もそう遠くはないようだ。

「一〇月の夜」

「五月の夜」も「八月の夜」もまず口火を切ったのはミューズだった。ミューズが対話のイニシアチヴをとっていた。ところが「一〇月の夜」は詩人がまず言葉を発し、饒舌に語りつづける。ミューズはしばらく聞き役にまわる。詩人は体験を積み、成長したのだと言えようか。

詩人は「自分が苦しんだ病いは夢のように去った」とまず口を開く。そしてあの痼疾《こしつ》ともいうべき主題、「不実な女」のことを饒舌に憎しみをこめて語りはじめる。しかしこのことについてはもう繰り返すまい。あらたに付け加えるべき点はない。問題は「不実な女」がもたらした苦痛・苦悩に詩人はどう対処するかだ。それを教えるのはミューズである。ミューズは言う、苦痛・苦しみを呪ってはならない、むしろ大いに感謝すべきだと。すでに確認した苦痛主義＝苦痛礼讃を改めて唱道する。

あなたの嘆く打撃は多分あなたを護ったのです。
それによってこそあなたの心は開いたのですから。
人間は弟子で、苦痛が師匠です。
苦しまない限り、何人もおのれを知ることはできないのです。
わたしたちは不幸の洗礼を受けなければならない、
この悲しい代価によってすべては贖《あがな》わなければならない、
これは世界や運命と同じくらい古くからある、
厳しくはあるけれども至高の法則です。
穀物は実をつけるためには露が必要です。
生きるためには感じるためには人間は涙が必要です。

さらにミューズは「おお、わが子よ！　その人を、その美しい不実の人を憐れみなさい」と助言する。「涙を真珠にすること」である。苦痛を豊かな糧にすることである。すべては言い尽くされた。詩人はふたたび歌うことになるだろう……。

もう一度先ほどの図式を見ることにしよう。これまで詩人は（A）—（D）をブランコのように往復していた。ここで初めて（D）→（M）の回路がつながったのだ。それはまた「心」から「魂」への移行でもある。

苦痛の底へ下降してゆくことは天へ昇ることでもあったようだ。

V　劇作家として

詩魂の枯渇

われわれはミュッセの伝記を三〇歳まで追ってきてそこで詩人を置き去りにして詩篇の検討をつづけた。また詩人のその後の足跡をたどることにしよう。

三〇歳を迎えて

一八四〇年はミュッセにとっていろいろな意味で節目の年だった。詩人は三〇歳になったのだ。詩人としてデビューしてほぼ一〇年、越し方を振り返り行く末を思う、そんな年齢だ。自分がこれまで書いてきた作品は十分なものだったのか。満足のいくものだったのか。また世間はそれをどう評価しているのか。これからどんな作品を書いたらよいのか。思いは千々に乱れたはずだ。

あいにくなことにカーニヴァルの時期にミュッセは肺炎に罹ってしまった。譫言《せんげん》をともなう重病で医者ははじめ脳膜炎を疑ったほどだった。

回復後ミュッセは劇作の仕事に没頭する。コメディー゠フランセーズの看板女優ラシェルのために古典に取材した悲劇を書こうとしたのだ。しかし詩人と女優の間で意見の衝突があったりして、この計画はけっきょく流れてしまった。

すでに紹介した「悲しみ」が書かれたのはこの頃だ。

私は力と命を失った、
友らも明るさも。
人々にわが天才を思わせた
矜持《ほこり》までも失った。

詩人が落ち込んでいたとき詩人を喜ばせるような話が舞い込んできた。廉価版書籍の出版で出版界に革命を起こしたシャルパンチエがミュッセ戯曲集と全詩集とを刊行してくれるというのだ。この企画はけっこう当たり、ミュッセの懐はだいぶ潤ったようだ。しかしながら肝腎の詩壇の反応はいまひとつだった。

ミュッセは焦りのようなものを覚えていた。詩魂が枯渇したのではないかという不安に襲われた。以前のように作品が書けなくなったのだ。三〇歳そこそこですでに過去の人になる。ミュッセは悩んだ。そんな矢先、涸れていたと思われていた詩の泉が突然ほとばしり出たのだ。一八四一年、ジョルジュ＝サンドとの再会に触発されてミュッセは「思い出」という長い詩篇を書きあげた。

絶唱「思い出」

愛していながら長く一緒にいられない男と女がいるものだ。彼らは離れてかえって近づくのだ。お互いの個性が強すぎるからかもしれない。悲しい定めだが、そんな男女は決して少なくないはずだ。思えばミュッセとサンドもそんな二人ではなかったか。ミュッセの絶唱ともいえる「想い出」を前にするときそんな感慨をふと抱いてしまう。
サンドと別れて五、六年の歳月が過ぎた。ミュッセはテアトル‐イタリアン劇場の廊下で昔の恋人と再会する。詩人は自分を見つめる視線にとまどう。かなり太ってしまってかつての面影をとどめていない目の前の女性が誰だか、人にそっと教えられるまで分からなかったのだ。時は残酷にも恋人の肉体を蝕んでいた。二人は一言も言葉を交わさずそのまま別れた。そしてミュッセは家に戻るとすぐにその時の印象を「思い出」という詩のなかに歌うことになる。

そうだ、若くてまだ美しい、ますます美しくなったと言えるかもしれない、
あのひとに私は会った、その瞳は昔のように輝いていた。
（…）
彼女の思い出でまだ一杯の私の心はあのひとの顔の上をさまよった、
だが昔の面影を見いだすことはできなかった。
（…）
私はただ心のなかでつぶやく。「あの時、あの場所で、
ある日、私は愛された、私は愛した、あのひとは美しかった。

私はこの宝物を不滅のわが魂に仕舞いこんで、
神のところまで持っていこう！」

ミュッセにとってサンドとの恋は命をかけた恋であり、永遠の恋人の面影は美しい思い出として彼の胸底深くおさめられることになったようだ。

ミュッセはすでに見たように魂の不滅性を信じていた。すべては滅んでも魂だけは残る。そして魂に刻みつけられた美しい想い出も。ワインが時の経過につれてゆっくりと芳醇に発酵するように思い出は時間の経過とともに美しく純粋なものになるだろう。これをミュッセの達観と言わずしてなんと言おう。

だが「思い出」を最後にミュッセの詩魂は急速に枯渇した。この作品はミュッセの白鳥の歌ともいえようか。

歌を忘れた詩人

一八四二年の年頭にミュッセは「怠惰について」という諷刺書簡詩を発表した。このなかで詩人は軽佻浮薄な出版界や世の風潮を諷《ふう》しているが、そうはいってもやはり自分の寡作ぶり、「怠惰」を釈明せざるをえない状況には追い込まれていたわけなのだろう。

この詩篇が発表された《両世界評論》誌の次号（一月一五日）にサント＝ブーヴのある記事が掲載された。それは現役詩人の人気度を話柄にしたよくある記事だった。そこでミュッセはその他大勢の第三グループにランクされていたのである。その記事を読んだ詩人は「おまえもか、サント＝ブーヴ！」と呟いたという。

一八四三年に詩人に思いがけない事態が出来《しゅったい》する。あろうことか、ある画家の口添えで名うてのプレーボーイに結婚話が持ち上がったのだ。相手は売れっ子のヴォードヴィル作者メレスヴィルの娘だった。身を固めさせれば詩人のご乱行もおさまると周囲は踏んだにちがいない。実はこの年の初めに詩人はアルコールの飲み過ぎがたたってひどく体調を崩してしまっていたのだ。だがこの話はご破算になった。なんのことはない、問題の娘さんがすでに婚約していたのだ。

この時期の活動で目につくのは詩作や劇作ではなく、中・短編小説の分野である。彼がわりに遅れてこの分野に手を染めたことはすでに触れた。一八三七年の夏から一八三九年の初めの時期に「二人の恋人」「フレデリックとベルネット」など六編が書かれた。これが中・短編執筆第一期と呼べる。その第二期が一八四二年秋から一八四六年で、「白ツグミの物語」「ピエールとカミーユ」「ジャヴォットの秘密」「ヴァン＝ビュック兄弟」「ミミ＝パンソン」の五編が書かれた（ちなみに残りの一作「ほくろ」だけは一八五三〜五四年作）。第一期の最後の作品「クロワジーユ」を書いたあとで詩人はもう短編は真っ平だと誓ったものである。すでに指摘したように詩人がこのジャンルに手を出したのはもっぱら経済的理由だけに基づくもので、もともと気に染まなかったのだ。経済的問題が解決すれば当然さっさと手を引く道理だ。そうだとすれば、三年半ほどでまた嫌な仕事に舞い戻ったとすればその理由はまたしてもお金の問題だろうということは想像するに難くない。

思いがけない朗報

一八四七年の秋、ミュッセは思いがけない——夢のようなと言い換えるべきか——朗報を耳にする。『気まぐれ』がコメディー‐フランセーズで上演されるらしいというのだ。信じられないような話である。あの『ヴェネチアの夜』の失敗以来ミュッセの『肘掛椅子のなかで見る芝居』は一度も舞台に載せられたことはなかった。少なくともフランスではと正確を期しておこう。どうしてこの限定が必要かはすぐに判明するはずだ。

この年に《両世界評論》誌編集長のビュロがコメディー‐フランセーズ支配人に就任したという幸運もあった。彼はかねがねミュッセの作品を上演したいと熱望していたから。しかしこれだけの理由ではミュッセの芝居が上演の運びには至らなかっただろう。支配人の肝煎りとはいっても実績のないミュッセの芝居を採用するのはあまりにもリスクが大きすぎる。実はこの話には説得力のある裏付けのようなものがあったのだ。今の言葉でいえばマーケッティング‐リサーチがきちんと済んでいたようなものだった。

その事情はこうだ。

若い頃のアラン＝デプレオ

『気まぐれ』は一八三七年に《両世界評論》誌に発表された散文一幕の「格言劇」である。だが実をいうと、この作品はミュッセの作品としては例外的なことだが、すぐに舞台にかけられたのだ。ただそれはフランスではなくて遠いロシアのサンクトペテルブルクであったが（もちろんロシア語訳だ）。しかも何度も公演され評判を呼んでいたのである。

この意外な事実を、ロシアに巡業していたフランスの舞台女優が知ったのがそもそもの発端だった。彼女はアラン＝デプレオといい、若い頃にはコメディー＝フランセーズの舞台にも立ったことのある実力のある女優だった。ロシアの宮廷で人気を博し一〇年ほど異国の地にとどまった。彼女はロシアで評判の高かった作品——彼女はフランス語で演じたこともあったのだが——を故国フランスでも演じてみたいと思った。そしてコメディー＝フランセーズに話を持ち込んだというわけである。

一八四七年一一月、『気まぐれ』初演。アラン夫人はレリー役を演じた。危ぶむ声もあったが公演は大成功だった。テオフィル＝ゴーチエがすぐに絶賛する劇評を書いた。ゴーチエはかねがねミュッセの芝居を高く評価していて「『肘掛椅子のなかで見る芝居』が『桟敷席のなかで見る芝居』になりえないことは残念だ」と洩らしていたのだ。

ではなぜ『気まぐれ』はミュッセを拒否しつづけてきたフランスの観客に受け入れられたのだろうか。この疑問に答えるためにはこの芝居がどんな内容であるのかをまず知らなければならない。

『気まぐれ』のあらすじ

その筋をかいつまんで紹介すればこうである。

舞踏会の夜。シャヴィニー氏は妻のマチルドに外出をすすめるが妻はまるで関心を示さない。二人は結婚して一年。マチルドは夫に深切な愛情を抱いているが、夫の方はこのところとかく留守がちで、ブランヴィル夫人のところに通いつめている。

マチルドは留守居の淋しさをそれとなく知らせるために夫のシャヴィニーのために絹の赤い財布を心をこめて作る。そして彼女が夫にそれをあげようとすると、夫が青い財布をポケットから取り出す。マチルドはその青い財布は夫の愛人のブランヴィル夫人がつくったものだと疑う。嫉妬に駆られた妻は自分の作った財布をあげるのでその代わりにその青い財布を欲しいと夫に懇願する。シャヴィニーはこの申し出を頑として拒否する。

さて、マチルドに断られたので夫はひとりで舞踏会に出かける。マチルドは友達のレリー夫人に自分の悩みを相談する。この夫人は若くて才気煥発な女性だった。話を聞くと、夫人はマチルドの財布と例の財布の交換を請け合う。レリー夫人は一計を案じて、マチルドに二つのことを言い含める。一つ、舞踏会に行ったように夫に思わせるために、しばらく外出してから頃合を見はからって戻ってくること。一つ、外出中に絹の財布を人を使って差出人不明という形で自宅に届けさせること。マチルドは夫人の真意を測りかねたけれども、言いつけどおりにとにかく外出する。

帰宅したシャヴィニー氏はレリー夫人から妻が舞踏会に出かけたと聞いてびっくりする。夫人はさっそく自分の計画を実行する。夫人はシャヴィニー氏に気があるような素振りを示す。手はずのとおり絹の財布が届けられる。シャヴィニー氏は謎のプレゼントの主をあれこれ詮索するがなかなか思い当たらない。そのうちてっきり自分に気のあるレリー夫人がその張本人ではないかと早合点してしまい、夫人を口説きはじめる。夫人は例の青い財布を所望する。シャヴィニー氏はこんなにも青い財布に夫人がこだわるのはブランヴィル夫人にひどく焼き餅を焼いているからにちがいないと推量して、くだんの財布を夫人にあげてしまう。夫人はあたかも嫉妬の余りというように青い財布を暖炉に投げ込む。それからシャヴィニー氏にブランヴィル夫人を愛してはいなかったかどうかを確かめる。シャヴィニー氏はレリー夫人への愛を誓う。それを聞くと、夫人はシャヴィニー氏がいま手にしている財布を作ったのは、自分ではなくて、あなたを熱愛しているあなたの奥さんだと告白する。

この芝居の最後はシャヴィニー氏の次の格言で終わる。「若い司祭さんが一番ためになる説教をしてくれる。」

ご覧のとおりたわいのない夫婦間のいざこざを取りあげたマリヴォー風な上品な喜劇だ。登場人物は三人、舞台は社交界、筋も単純、題材も当たり障りがない。この作品にはロマン派劇のような大向こうをうならせるような派手なアクションも感情の激しい起伏も見られない。女性心理の微妙な機微がさりげなく描かれているだけだ。「古典主義的」とも形容できるような端正な出来上がりの芝居。ミュッセの芝居はこれまで筋が込み入っていたり、会話が気取りすぎていたり、登場人物の言動が率直すぎて「公序良俗」に反していたりといろいろ難癖がつけられたものだが、この作品はそんな批判をすべてクリアーしている。実は、この作品は一八四五年にもオデオン座で上演の話が持ち上がったことがあるのだ。やはりその無難さ、おとなしさが魅力（？）だったのかもしれない。

女優との恋

ミュッセはまずアラン夫人の演技力に魅せられた。そして夫人自身にも興味をかき立てられた。詩人が女優や歌手に関心を示したのは今回が初めてではない。ガルシアやラシェルの例があったことをわれわれはすでに知っている。

アラン夫人は顔立ちはよかったが、すでに四〇の坂に近づき（もっともミュッセと同い年だが）少し肥り気味だった。夫人は詩人の求愛を拒んでいたが一年半後——一八四九年七月頃——にミュッセの愛を受け入れることになる。二人の恋は嵐のように激しい恋だった。

一八四九年作の「ソネット」と題された詩篇はアラン夫人に捧げられたものだという。

手連も、手管も、恥じらいも、嘘もなく、
欲望にもあざむかれず、悔恨にもむしばまれずに、
ただ二人だけで生き、いつも心の丈を捧げて、
あたう限り逢い、いちずに愛し合うこと、

底の底まで深く相手の思いを敬い、
その熱き想いをば一場の夢とはせずにうつつと化し、
その光明のなかで思うさま生きること――
そんな風にラウラは生き、恋人ペトラルカは歌った。

歩むその一歩一歩が優雅の極みであるあなたよ、
頭を花でおおい、なんの屈託もなげに見えるあなたよ、
そんな風に愛しましょうとわたしに言ったのはあなただった。

そしてわたしは、疑いと冒瀆の年老いた幼な子にほかならぬこのわたしは
あなたの言葉に耳を傾け、思いを凝らし、こう答える、

そうです、お互い生き方は違っても、愛し方はそれしかありません、と。

二人はパリ近郊ヴィル＝ダヴレーのアラン夫人の別荘で一夏を過ごしたこともある。しかし満ち足りた仕合わせの時期は短かった。二人の恋は天国と地獄が隣り合わせになる。アラン夫人もジョルジュ＝サンドと同様にミュッセの二重人格的性格に翻弄された。和解と諍《いさか》いの繰り返し。そして別れ。二人の恋愛関係はどのくらいつづいたのだろうか。確かなことは分からないが、一年は越えなかったようだ。一八五一年の初めにアラン夫人はアルジェリア旅行を機に詩人と決定的に別れた。夫人の心には深い傷跡が残された。彼女は別居していた夫のもとに帰っていった。

ミュッセの演劇

劇作家ミュッセ

『気まぐれ』はモーリス＝アレムも指摘するように「ほかの作品が通過する突破口を開く前衛部隊の効果」をもった（『愛することの不可能』）。『気まぐれ』の大成功は劇作家としてのミュッセに世の耳目を集めた。ゴーチエの夢が現実のものとなる。一八四八年——二月革命の年だ——になると『肘掛椅子のなかで見る芝居』が次々と「桟敷席のなかで見る芝居」に変わっていった。四月、『扉は開いているか閉まっていなければならない』。六月、『なにごとも誓うなかれ』。八月、『シャンドリエ』。一一月、『アンドレ＝デル＝サルト』。まさに立て続けという勢いだ。もちろん全部が全部評判がよかったわけではないが、おおむね好評だった。

旧作の好評に気をよくしてミュッセは新作に挑戦した。一八四九年二月に『ルイゾン』、一八五一年一〇月に『ベチーヌ』が上演されたが、いずれも評判は思ったほど芳しくなかった。初めから上演を想定して書かれたこの二作はなぜ観客にすんなりと受け入れられなかったのか。われわれはあの『ヴェネチアの夜』の失敗を思わざるをえない。もちろん、あの時のようなみじめな結果ではなかったけれども。

それにしても、なぜ上演を目的とした芝居はことごとく失敗を余儀なくされるのか。上演をまったく考えていなかったいくつかの『肘掛椅子のなかで見る芝居』が好評を博しただけになんとも不可解な現象だといわざるをえない。しかしながら、恐らくここにミュッセの劇作法（ドラマトゥルギー）の秘密を解く鍵が隠されているにちがいない。ミュッセの劇的想像力は飽くまでも束縛を嫌うのだ。表現の次元（皮肉と機知）でも、また劇作法の次元（複雑な筋と自由な場面転換）でもミュッセには自由さがなんとしても必要である。上演を想定すると――役者や舞台装置や観客の受けなどを勘案しなければならない――彼本来のしなやかな想像力が掣肘《せいちゅう》を受けて萎縮してしまい、結果として出来上がった芝居が生気の乏しいものになってしまうのだろう。ここまで見てきたミュッセ演劇の失敗と成功を振り返るとそんな結論が得られるようだ。

すでに繰り返し見てきたようにミュッセの演劇は同時代の嗜好と衝突する面があった。たぶん時代に遅れすぎていたか、先んじすぎていたのだ。ミュッセの演劇は洗練さ、優雅さという点――「聞く」演劇、言葉の演劇――では古典主義的あるいは一八世紀＝マリヴォー的といえるし、構成が自由奔放という点ではロマン派の目標をはるかに超えてしまっている。だからこそロマン派演劇の全盛時代には「異端児」あるいは「ロマン派の脱走兵」の作品は拒絶されたのだ。しかし、こうした拒絶に会いながらも上演を目的としない芝居を頑なに書き続けたという事実のなかに自分のドラマトゥルギーに対するミュッセの自信のほどをうかがうことが出来るだろう。一八四〇年代の終わりにさしかかってミュッセの演劇に時代の流れがようやく追いついてきたというべきか。

古典主義演劇のドラマトゥルギー

ではミュッセの演劇の新しさ、独自性とは果たしてなにか、われわれもこの本質的問いに答えなければならない地点にやってきたような気がする。今しがた指摘したようにミュッセ演劇は二つの側面をもっている。古さと新しさである。ミュッセはラシーヌとシェイクスピアの総合を図っていたことはすでに見た。もう少し正確に言えばミュッセの芝居は古典主義の長所を採り入れ、ロマン主義の欠点を正すという性格をもっていた。この点を説明するには古典主義演劇とロマン主義演劇の関係をあらかじめ知っておく必要があるだろう。

古典主義演劇の特徴（本質）は基本的にはその理性尊重のなかに求められるだろう。すべては、万人に等しく分け与えられている理性に合致することが求められた。「真実らしさ」や「礼節」の追求もそのあらわれである。こうした発想の演劇的表現が「三単一の規則」にほかならない。三単一の規則とは、時の単一、場所の単一、筋の単一のことである。時の単一とは舞台上で演じられる出来事は二四時間以内に終わらなければならないこと。場所の単一とは劇中の出来事はあちらこちら移動してはならず、なるべく一つの場所で終始すること。筋の単一とは劇の筋は錯綜してはならず、一つであること。この規則はアリストテレスの『詩学』に由来するといわれているが、アリストテレス自身は場所の単一については特に言及してはいない。また、美的観点から筋の単一を特に重要視していた。

ご覧のとおり三単一の規則はひどく窮屈でずいぶん恣意的で、不合理な規則と思われるかもしれないが、その根底には二様の意味でのリアリズム――写実主義と現実主義――の精神が貫徹されている。そして三単一の中心的規則はどれかといえば、時の単一だと言って差し支えない。その要諦は舞台上の演劇的時間と現実の物理的時間をなるべく近づけるべきだとする認識である。いうなればごりごりのリアリズムだ。芝居に要する時間は一、二時間、いくら長くてもせいぜい三、四時間が限度だろう。だとすればその決められた時間内で、たとえば数ヵ月にもわたる事件が舞台上で演じられるのは「本当らしくない」と判断するわけだ。この論理を押し進めれば上演時間と舞台上の事件の時間を完全に一致させるべきだという極論にたどり着くだろう。この極論は事実問題になったことはあったのだが、さすがにまともに支持する人はいなかった。これを要するに、二四時間（太陽が昇り沈むまで、つまり一二時間以内でないといけないという厳密説、あるいは四八時間までは許容できるのではないかという穏健説もあったがその拠って立つ原理は同一）ならなぜ「本当らしい」のかというと必ずしも確たる根拠はない。

時の単一をひとたび認めれば、限られた時間のなかで場所を転々と移動することは不可能となり非現実的となる。勢い出来事の場所は一個所に固定された方がより本当らしく感じられるだろう。時の単一の方が場所の単一よりは基本的であり、優先する。場所の移動は馬車で一日で移動できる範囲に限るべきだという議論がまじめに提起されたくらいである。波瀾万丈で複雑な話の進展は作り物めいているのではないか。筋の単一を支えているのもやはりありのままの現実を尊重する「本当らしさ」の要請である。

三単一の規則（「本当らしさ」の尊重）は、実は演劇的時間と日常的時間の質の違いを無視した暴論であることは改めていうまでもないだろう。この規則に厳密に従えば従うほど動きのあるダイナミックな演劇は不可能で、単調な筋からなる、対話を主体とする「心理劇」に傾いてゆかざるをえない。「観る」演劇よりは「聴く」演劇の性格が強くなるのは必至の勢いだ。そして事実、フランス古典主義が向かったのもおおむねその方向だった。ラシーヌの悲劇はその頂点を形づくっているといえるだろう。

理性尊重は「本当らしさ」の追求だけでなく、「礼節」の称揚にも向かった。理性に悖《もと》るようなはしたないこと、見苦しいことは舞台に載せるべきではないという主張が出てくる。これはアクションの面でも台詞の面でも要求された。古典劇では死や血やセックスに関わるおどろおどろしい場面は舞台に載せるのを禁じられた。さらには食べたり飲んだりする場面さえも極力避けられた。台詞のなかでもこうした原則は貫かれていて、そのものずばりの言い方やどぎつい表現は避けられ、遠回しな言い方が求められた。この傾向が強まれば凝った気取った言い回しを競うプレシオジテ（婉曲語法）に通じるだろう。

この三単一の規則は悲劇に関しては厳密に適用されたが、喜劇に関してはその限りではなかった。というのも、一般に喜劇は悲劇よりは低く見られていたからだ。そしてまた、悲劇は神あるいは英雄・王侯・貴族という高貴な人間を取りあげ、喜劇は庶民あるいは現代人という身近な人間を取りあげるという暗黙の了解が成立していた。これに関連して古典主義演劇のドラマトゥルギーではジャンルの峻別は厳しく求められ、悲劇と喜劇はまったく別物と見なされていた。また形式の上では三幕韻文劇も可とされたが、五幕韻文劇が正格とされた。

三単一を指導原理とする古典主義はルイ一四世（ルイ太陽王）治世時に確立され、その後はヨーロッパ諸国に輸出されることになるのだが、フランスにおけるほど強大な支配権はついに発揮しなかった。古典主義があまりにも華やかに開花したためにその締め付けが強く働きすぎたために、フランスではロマン主義運動が英国やドイツなどよりも後れをとってしまったくらいだ。文学のオピニオン‐リーダーであるフランスはロマン主義に関しては後進国である。観点を変えれば古典主義はフランス人気質にぴったりということになる。つまりフランス（人）を支えるのはリアリズム（写実主義＋現実主義）の精神だということであろう。この事実と、フランス人が幻想ものやナンセンスものを好まないという傾向はどこかでつながっているのはずだ。ミュッセのファンタジーがデビュー当時から評判が悪かったことが思い合わされる。

ミュッセの劇作法

以上が古典主義的演劇のドラマトゥルギーである。これは一七世紀に確立したが、一八世紀にはこうした窮屈な理論に対する反動が早くも現れた。そのなかで注目すべきは日常生活を演劇のテーマにしようとしたディドロの「正劇（ドラマ）」drame の理論だろう。この新しい劇については「正劇」以外にも「町民劇」drame bourgeois とか「まじめな喜劇」comédie sérieuse などいろいろに呼ばれたが、その要点は悲劇と喜劇の間に中間のジャンルを認知しようとしたことである。

こうした新しい動向を実作で体現したのがマリヴォーであったといってよい。そしてこのマリヴォーこそがミュッセに非常に関わりの深い劇作家なのである。

マリヴォーは筋の単一さの点において、また恋愛心理、とりわけ女性心理の描写においてラシーヌの喜劇版といえるだろう。マリヴォーの功績は喜劇に「まじめさ」を導入したこと（「まじめな喜劇」の実現）、また特異な「性格」の創出（モリエールの性格喜劇、たとえば「偽善者」のタルチュフや「人間嫌い」のアルパゴンを考えられよ）ではなくて当たり前の人間の「感情」、特に恋愛心理をテーマに取りあげたことである。そしてその恋愛感情、心理の微妙な機微を気取った優雅な言い回しで表現したのだ。それが世にいう「マリヴォー風文体」marivaudage だ。マリヴォーはミュッセに限りなく近い。ミュッセは一九世紀になって「マリヴォー風文体」を敢えて実践したといえるだろう。同時代の観客がミュッセの台詞をきざで遠回しで嫌みな文体、いや、曖昧で無意味な表現と拒絶反応を示したとしても無理からぬことだったのかもしれない。この意味ではミュッセは遅れてやってきた劇作家だったといえるだろう。

目を劇作法に転じれば、ミュッセは主に喜劇を手がけたので三単一の規則にしばられることはもともと少なかったはずだし、それにまた、シェイクスピアの演劇を理想としていただけに三単一の規則を金科玉条とすることはなかったといえるだろう。われわれがすでに俎上に載せたミュッセの芝居、つまり『スペインとイタリアの物語』所収の「火中の栗」、『肘掛椅子のなかで見る芝居』（第一版）所収の「杯と唇」「乙女たちはなにを夢見るか」、『ヴェネチアの夜』はおしなべて場面転換はめまぐるしく、筋も自由な展開をみせていた。あるいは古典主義演劇では考えられない「合唱」の導入もあった。また、見過ごされがちであるが、ミュッセの芝居では古典主義演劇で忌避された「飲み食い」の場面が非常に多いことも付言しておこう。

しかしなんといってもミュッセのドラマトゥルギーの自由奔放さが花開いたのはまもなく取りあげる予定の、五幕三九場、登場人物一〇〇名以上、上演時間は一晩を要するという『ロレンザッチョ』にとどめを刺すだろう。

とまれ、ミュッセの芝居は詩人の自由な想像力が演劇的空間に結んだファンタジーの産物にほかならない。人はその奔放な軌跡を素直に楽しめばよいのである。

ミュッセの劇作を語るためには時間軸を一八三四年までいったん遡る必要がある。

ミュッセ演劇の足跡

一八三四年といえばすでに述べたように詩人はジョルジュ＝サンドと大恋愛の真っ最中だった。しかしこの年の夏、八月に『肘掛椅子のなかで見る芝居』第二版が二巻本で刊行されたのだ。第一版――すでに検討した「杯と唇」「乙女たちはなにを夢見るか」「ナムーナ」を収める――刊行以降に発表された芝居が収録されている。作品名を挙げれば第一巻に「ロレンザッチョ」（未発表）「マリアンヌの気まぐれ」、第二巻に「アンドレ＝デル＝サルト」「ファンタジョ」「戯れに恋はすまじ」「ヴェネチアの夜」。

ミュッセの戯曲集としては一八四〇年に『喜劇と格言劇』が刊行されている。ここには『肘掛椅子のなかで見る芝居』に収録された作品がすべて再録されていて、新しいものとしては「バルブリーヌの糸巻き棒」「シャンドリエ」「なにごとも誓うなかれ」「気まぐれ」が収められている。以上の二つの戯曲集に未収録の作品として『扉は開いているか閉まっていなければならない』（一八四五年発表）を追加すれば、ミュッセの芝居を網羅することになるだろう。

以上に挙げた作品はごく一部の作品を除いてどれも現在でもよく上演される傑作揃いである。

ここでミュッセの作品のなかでどんな作品がこれまで人気を博してきたかをコメディー＝フランセーズの上演回数で確認してみよう。一九七〇年七月末までということでデータは少し古いけれども、およその動向はつかめると思うので、シモン゠ジューヌの資料に従ってベストファイヴをあげておこう（ちなみに下に列記した数字は、順に初演年、一九世紀の上演数、二〇世紀の上演数、トータルの上演数を表している）。

一位―『気まぐれ』　一八四七年／三四〇回／七五九回／一〇九九回
二位―『扉は開いているか閉まっていなければならない』　一八四八年／三六五回／六八三回／一〇四八回
三位―『なにごとも誓うなかれ』　一八四八年／四〇九回／二四二回／六五一回
四位―『戯れに恋はすまじ』　一八六一年／二七〇回／三一八回／五八八回
五位―『マリアンヌの気まぐれ』　一八五一年／一六九回／二五六回／四二五回
同五位―『シャンドリエ』　一八五〇年／一三〇回／二九五回／四二五回

このリストを眺めているといろいろのことが思われる。
まず人気のある芝居は早くから上演されていることだ（『戯れに恋はすまじ』を除けばすべて作者の生前に上演されている）、また一九世紀と二〇世紀で同じように好まれていることだ（三位の『なにごとも誓うなかれ』だけは落差が見られるが）。このことはいいものはやはりいいのだという当たり前の真理を確認しているに過ぎない訳なのだが、もう少し注意をこめてリストを見直して見ればあることに気づかされる。それは道徳と衝突しない良識的で上品な作品が多いことだ。一位から三位まではすべていわゆる格言劇がしめていることに注意してほしい（格言劇はもともとは宮廷で演じられた優雅な素人芝居で、演じられた内容から格言を当てる一種の謎解き芝居である。『戯れに恋はすまじ』は表題は格言劇を思わせるが内容は重い）。

たとえば『扉は開いているか閉まっていなければならない』。この芝居は一幕もので『気まぐれ』の延長線上にある社交界劇だが、さらに単純化されていてこれ以上は不可能というくらいに切り詰められている。登場人物は「伯爵」と「侯爵夫人」の二人（名前さえも指示されていない）。なんのアクションもなく二人の対話はつづく。男の求愛を女がのらりくらりと巧みにはぐらかす。この芝居の上演時間は恐らく一時間ほどだろうが、その興味の中心は二人の男女の丁々発止の受け答えにある。最後は男が恋人ではなく結婚を求めていたことが判明すると、急転直下というべきか現金というべきか、女が男の求愛を受け入れるところで終わる。

また、興味深いのは四位、五位の三作品がともに一部皮肉が辛辣すぎて上演（初演あるいは再演）に際して手直しを求められたいわく付きの作品だということだ。一八四〇年代から五〇年代にかけての観客の関心のあり方、また多少は穏やかになったとしてもその後のフランスの観客の関心のあり方をうかがわせるに足りるだろう。フランスの芝居愛好家は予想以上に健全であり、良識派なのである。垢抜けしていて上品で軽妙な作品がどうやら好みのようである。

これまでも折にふれてミュッセの芝居の内容は紹介してきたが、個々の作品を深く掘り下げる機会はなかった。これまでの議論を踏まえて最後に、ミュッセ演劇の醍醐味を味わうためにその極めつけの代表作を吟味したい。取りあげる作品はミュッセの本領をもっともよく示す『戯れに恋はすまじ』――『マリアンヌの気まぐれ』と『シャンドリエ』も傑作であるが、一つを選ぶとすればこの作品だろう――と、ミュッセのというよりはロマン派演劇の極北を示す問題作『ロレンザッチョ』である。この二作を通して、どうかミュッセ演劇の音域の広さに思いを馳せてほしい。

『戯れに恋はすまじ』　一九三四年作、散文三幕喜劇。

の あ ら す じ　ペルディカンは男爵の自慢の一人息子。パリで学業を終えて養育係のブラジュースを引き連れて故郷に戻ってきた。同じ日、男爵の姪でペルディカンの従妹のカミーユが修道院での修行を終えて、遺産問題の事務的処理のために男爵の城に到着する。カミーユにも家庭教師のプリュシュ女史がお供している。二人は幼なじみで、男爵もこの二人をぜひ結婚させたいと望んでいる。

ところが久しぶりに――一〇年ぶりだ――再会した二人の間がのっけからどうもしっくりいかない。ペルディカンは結婚話に乗り気なのだが、カミーユはひどく素っ気ない。ペルディカンはカミーユの露骨な冷淡さに腹を立て、カミーユの乳姉妹で純朴な田舎娘ロゼットに戯れにちょっかいを出す。

その翌日、カミーユは修道院に戻ることをペルディカンにとつぜん宣言するが、その前に従兄と話し合いを持つことになる。この会見でカミーユはペルディカンに俗世を棄てて修道院で生涯を過ごすことを宣言する。彼女は修道院の親友に恋愛のはかなさと空しさを教えられ、いまでは清浄な信心深い生活に憧れていると説明する。それに対してペルディカンは恋愛の大切さを熱っぽく説くが、カミーユはまるで聞く耳を持たない。

ペルディカンは、修道院にあてたカミーユの手紙をひょんなことから手にいれて、彼女の出家の決意がたぶんに自分に対する強がり・虚勢であることを知る。そこで彼は従妹に焼き餅を焼かせて翻意させようと、ちょっかいを出していたロゼットと結婚すると言い出す。

カミーユは初めのうちこそ平気を装っていたが、ペルディカンが周囲の反対を押し切って着々と結婚話の段取りを進めていくのを目の当たりにして自分の本心を抑えることが出来なくなる。彼女は苦悩の余り祭壇の下に身を投げだし、絶望の涙にかき暮れる。折しも来合わせたペルディカンは傷心のカミーユの姿に、彼女の真実を見てとる。

二人はこれまでの行きがかりをかなぐり捨てて、お互いの愛を誓い合う。このとき祭壇の背後からけたたましい女の叫び声が上がる。ロゼットがそこにいて二人の会話の一部始終を盗み聞き、絶望のあまり悶死したのだ。二人のつまらない意地の張り合いは悲しい犠牲者を出してしまった。もう二人には仕合わせは来ないだろう。カミーユはペルディカンに永遠の別れ《アデュー》を告げる。

『戯れに恋はすまじ』の世界

この芝居は喜劇だろうか、悲劇だろうか。始まりは喜劇で、しだいに悲劇的要素が増して、最後は悲劇に終わっている。一八世紀の演劇が要求した「まじめな喜劇」あるいは「正劇」に連なる試みが見出されるはずだ。ここでミュッセは古典主義演劇が禁じたジャンルの混交を敢行している。それも非常に大胆な形で敢行している。そのことはいろいろな面で現れている。

まず人物造型。ペルディカン、カミーユ、ロゼットは悲劇的要素を体現する人物たちだ。この三人のまわりに四人のコミカルな脇役が配されている。決断力がなくただおろおろするばかりの優柔不断な男爵。食いしん坊で飲み助のブリデーヌ司祭と養育係ブラジュース（とうぜん古典主義演劇では御法度の飲み食いの場面が出てくる）。かちかちにお堅い家庭教師プリュシュ女史。この四人の人物が織りなす滑稽な場面。また農民たちからなる合唱隊（コロス）を随所に登場させて、人物の動きや事件の流れを解説させる。合唱隊（コロス）は古代ギリシア演劇には用いられたが古典主義演劇では廃されていたものだ。合唱隊――とりわけ「農民」の合唱隊――の導入はミュッセの自由なドラマトゥルギーをよく示している。

人物造型といえばヒロインのカミーユは実に生き生きとしていて、魅力的である。建前＝理性（純潔への誓い）と本音＝情念（ペルディカンへの愛）に揺れ動く複雑な乙女心。ミュッセの女性心理の描写は定評のあるところだが、カミーユもその例に洩れない。

女性心理の分析だけでなく、ミュッセにはさらに注目すべき点がある。ミュッセのヒロインたちは積極的なのだ。彼女たちは気が強く、行動的で、自己主張がはっきりしている。伝統的な、受け身の、待つだけの女性ではない。そのあまりの自己主張の激しさに当時の観客は強いショックを受けたようだ。

ミュッセはフェミニストだった。彼は女性を決して見下すことはなかった。女性を男性と対等に見た。ジョルジュ＝サンドとの恋愛はまさにその証左である。恐らくカミーユの人物造型のなかにサンドの影を見ることは可能だろう。あるいは両性具有者ミュッセの女性的分身を認めるべきかもしれない。

人物造型だけでなく急激な場面転換も古典主義の「場所の単一」を大胆に無視している。それは目まぐるしいとでも形容したくなるほどの場面転換だ。第一幕から第三幕までの場面転換を示せば次のようだ。

第一幕――城の前の広場―男爵の客間―城の前―広場―広間
第二幕――庭園―食堂―小さな家の前の原っぱ―お城―とある森のなかの泉水

第三幕——城の前—道—小さな森—カミーユの部屋—ある礼拝堂

またこの芝居のなかで示されているミュッセの諷刺精神もなかなかの見ものだ。ミュッセは食い意地の張ったふとっちょの司祭の堕落した言動や、カミーユの受けた修道院教育の偏向を通して反教権主義を打ち出している。それは例えばカミーユに発せられたペルディカンの次の台詞にも如実に示されている。

「きみは尼さんというものを知っているのかね。男たちの愛を偽りのようにきみに説明する彼女たちは、神の愛の偽りというもっと悪いものがあることを知っているのだろうか。」

このキリスト教批判と背中合わせになっているのがミュッセの恋愛哲学だ。この作品が例のジョルジュ＝サンドとの恋愛の、しかもヴェネチア旅行の後に発表されたことを考えれば、ここで披瀝されている恋愛哲学が体験に裏打ちされた確固たるものであったことが諒解される。ミュッセの恋愛観については別の個所ですでに詳説する機会もあったので繰り返しは避けたいが、確認するためという意味合いでそのさわりの部分だけを写すことにしよう。

「俗世は底なしの掃き溜めでしかなく、そこには世にもぶざまなアザラシが泥の山の上を這いまわり、のたうちまわっている。しかしながら俗世にもひとつだけ神聖で崇高なものがある。こんなにも不完全でこんなにも醜いもの同士がひとつに結びつくことだ。人は恋愛で何度も欺かれ、何度も傷つけられ、何度も不幸になる。でも人は愛するのだ。そして死を間近にしたとき来し方を振り返ってこう呟くのだ。わたしはたびたび苦しんだ、時には間違いもした、でもわたしは愛したのだ。生きたのはこのわたしだ、わたしは、わたしの高慢とわたしの退屈が作り上げたまがい物ではないのだ。」

『ロレンザッチョ』のあらすじ　五幕三九場の散文歴史劇。一八三四年作。出発点はジョルジュ＝サンドがベネデット＝ヴァルキの『フィレンツェ年代記』に想を得て書いた『一五三七年の陰謀』だ。サンドの戯曲はドラマトゥルギーの上できわめて荒削りで本格悲劇というよりかむしろ大衆演劇「メロドラマ」を思わせる。それにひきかえミュッセの芝居は同じ材料を使いながらはるかに複雑で豊かな演劇的世界を作り上げている。フランス・ロマン派演劇が手本と仰いだシェイクスピアの作品と比肩しうる芝居がついにフランスで開花したといえるだろう。

舞台は一五三六年のフィレンツェ。当時のフィレンツェは法王［パウロ三世］と神聖ローマ帝国［ドイツ］皇帝カール五世とに操られる傀儡国家だった。元首のアレクサンドル＝デ＝メディチ（フィレンツェ公爵）は二七歳の好色な暴君で、クレメンス七世が身分の賤しい女に生ませた私生児である。

ロレンゾ＝デ＝メディチ――ロレンザッチョはロレンゾの蔑称――はアレクサンドルの従弟で二三歳。彼は放蕩無頼の青年で、従兄の腰巾着だ。アレクサンドルいうところの「おかま坊や」。ロレンゾはアレクサンドルの放蕩の手引きをするとともに共和派の動静を探るスパイの役目も果たしている。

ドイツの兵士に守られて形だけの平和を維持するみじめな祖国を救うべく画策する共和派の面々。そのリーダーはメディチ家に遜色ないフィレンツェの名家の当主、フィリップ＝ストロッツィである。彼には優秀な息子たち、カプアノ修道院長のレオン、激情家のピエールとトマがいる。

また一方には、フィレンツェの黒幕たらんとしている策士のチーボ枢機卿がいる。彼はアレクサンドルが義妹のリチャルダ、チーボ侯爵夫人に欲望を抱いているのを知ると義妹をけしかける。枢機卿はリチャルダの情事を政治的に利用出来ると踏んだのだ。つまりリチャルダにアレクサンドルを操らせ、その義妹自身を自分が操ること。だが彼女は枢機卿の意に反して独走する。彼女はアレクサンドルに改悛を迫る。ドイツの支配を脱してフィレンツェに自由と独立を、と愛国主義的理想を吹き込む。アレクサンドルはそんな政治に介入したがる女をむしろ煙ったがる。

好色な暴君のまわりでさまざまな陰謀や策動が渦巻く。フィレンツェ公国の権力闘争を横目で睨みながら、ロレンザッチョは水面下に深く潜航し、自分の計画を実行に移そうとしてその機会を虎視眈々とうかがっている。彼は遊蕩三昧の生活に溺れ、軟弱な風は装っているが、実はひそかに大胆不敵な野望を育んでいた。それはアレクサンドルを暗殺することである。

アレクサンドルの放蕩仲間のサルヴィアーティはフィリップの娘ルイーズが自分と寝ると約束し

たと言いふらす。それを耳にしてフィリップの息子たち、ピエールとトマは妹が侮辱されたと逆上してサルヴィアーティに斬りつける。しかし傷を負わせただけで殺害の目的は果たせず、逮捕されてしまう。そしてまた追いかけるようにルイーズが毒殺されるという事件が起こる。こうした不幸な事態の連続に絶望してフィリップはヴェネチアへ去る。リーダーを失って共和派の結束は乱れる……。

ロレンゾは敢えてアレクサンドル暗殺を周囲の人間に洩らすが、誰も本気とは受け止めない。アレクサンドル自身も。ロレンゾは若い画家を雇ってアレクサンドルの半裸の肖像を描かせる。案の定、ポーズをとるため公爵はいつも身につけている防御着の鎖帷子をかたわらに脱ぎ捨てる。テロリストは暗殺を容易にするためにその鎖帷子をまんまと盗み出す。

暗殺計画のお膳立ての最後は公爵を怪しまれずに自分の部屋におびき出すことだ。妙策はあるのか。公爵はチーボ侯爵夫人に飽きて、ロレンゾの叔母カトリーヌに色目を使っている。このところしきりに逢瀬の段取りをつけろと矢の催促だ。カトリーヌは公爵の要求に対してあらわな不快感を示した。ロレンゾも今まで伸ばし伸ばしにしてきたが、案ずるには及ばない。叔母が承知した旨を公爵に告げ、夜の一二時に自分の部屋に誘い出して刺殺する。

ロレンザッチョの予想したとおり共和派は立ち上がらず、彼の暗殺は無駄に終わる。コジモ＝メディチがチーボ枢機卿の傀儡としてフィレンツェ公に新たに選ばれる。歴史は繰り返す。

ロレンザッチョの首には莫大な賞金がかけられる。イタリアじゅうにこの触れがまわる。ロレンザッチョはヴェネチアに遁れる。彼は自分をつけ回す刺客を意に介せず街を彷徨っているところを殺害される。無情にもその死体は運河に投げ込まれる。

『ロレンザッチョ』の世界

『ロレンザッチョ』は五幕三九場で、登場人物は一〇〇名をゆうに超え、ノーカットで上演すれば二晩を要するだろうといわれる途方もない大作だ。古典主義の演劇はいうに及ばずロマン派演劇をもはるかに突き抜けてしまい、まさしく現代演劇にも通じる新しさを秘めた芝居である。この芝居の提起する問題を論じようとすればそれだけで大部な一冊の書物を必要とするだろう。ここでは主な点だけに触れるにとどめる。

この劇は複雑な筋の展開を示しているが、整理すれば主筋と二つの副次的筋にまとめることが出来る。主筋はロレンザッチョの暗殺計画（アレクサンドルの女漁り）であり、副筋はチーボ枢機卿の政治的陰謀（チーボ侯爵夫人の恋）と、ストロッツィ家を中心とする共和派の画策とである。主題的には政治と恋愛が微妙に絡み合っている。そのことはロレンゾの暗殺計画にも言いうることだ。この暗殺はむろん政治的な性格をもっているが、その一方で暗殺者とその犠牲者の間には性的で淫靡な影（同性愛）が揺曳《ようえい》している。

こうした筋の錯綜を処理するためにまずドラマトゥルギーの面では、『戯れに恋はすまじ』でも指摘した急激な場面転換が駆使されている。ただ、その場面転換ははるかに大がかりであるけれども。また、群衆場面の導入とか、事件の同時進行の手法なども注目すべきだろう。『ロレンザッチョ』は、舞台や上演の制約を無視して、多くの人物が多くの場所に出没して複雑な筋を織りなしてゆく。

その複雑な筋を見事につなぐ蝶番の役目を果たしているのが絶妙な台詞で、事件のもつれと人間心理の屈折を描いて余すところがない。特に三幕三場のロレンゾとフィリップ＝ストロッツィの対話は圧巻である。二人の息子が逮捕され動転するフィリップ。その彼の甘い理想主義と対比的に孤独なテロリストの醒めた虚無主義が開陳される。ロレンゾは自分の暗殺計画を初めて告白する。彼は公爵が暗殺されても国がよくなるわけではないことを承知している。共和派の連中は立ち上がらないだろう。ではなぜ暗殺計画に固執するのか。それは今となっては本人自身にもしかと分からない。「ユリの花のように純潔だった」生き方を棄てなぜ孤独なテロリストの道を歩むことになったのか。ロレンゾは言う。

「この殺人こそがわたしに残された徳行のすべてであるとは思いませんか。」

フィリップが「なんという深い深淵だ！」と評するほどに孤独なテロリストの心は暗い。一筋縄ではくくれないロレンゾの屈折した人物像は、ジッドが『法王庁の抜け穴』のなかで提起した「無動機の殺人」を先取りするものではないだろうか。

問題作の『ロレンザッチョ』が舞台に載せられるには、作者の死後三九年を待たなければならなかった。一八九六年のことである。主役のロレンゾは名優サラ＝ベルナール（一八四四〜一九二三）が男装して演じた。この好演は評判を呼んだ。もちろん原作に忠実な演出というのは物理的に無理な相談だが、それにしてもこの初演はサラ＝ベルナールにだけスポットをあてた演出にはちがいなかった。この初演を機にロレンゾ役は女優が演ずるという奇妙な伝統が根づくことになる。

この伝統が破られたのは実に一九五二年に、二枚目映画俳優としても人気のあったジェラール＝フィリップがロレンゾ役を演じてからである。この時の演出は女優による男装を廃しただけでなく台本自体もこれまでのそれに比べてあたうかぎり原作に近づこうとしたもので、その意味では作者没後約一世紀——書かれてからはおよそ一三〇年目——を閲《けみ》して、ようやく『ロレンザッチョ』はほぼ満足のいく形で舞台に載せられたといえるだろう。

エピローグ

一八四七年の『気まぐれ』の初演は「劇作家」ミュッセに栄光をもたらすことになっただけでなく、「詩人」ミュッセへ人々の目を向けさせる機縁にもなった。彼の各種の詩集が再版されるようになり、確実に部数を伸ばすようになった。一八五六年頃のこととしてエミール＝ゾラが次のように述懐している。「自分の本棚にアルフレッド＝ミュッセの詩集をもっていないような田舎の若者は一人もいなかった」と。

ルイーズ＝コレ

ミュッセの名声が上がってきたことは一八五二年にアカデミー＝フランセーズの会員に迎えられたことでも裏書きされるだろう。なんのかのといいながら文化人なら誰もが喉から手が出るくらいに欲しい名誉ある「四〇人の席」である。「不滅の人」――アカデミー会員はこう呼ばれたが――それは、あの狷介《けんかい》孤高の詩人、『悪の華』の詩人ですらその晩年に立候補を表明したほど魅力のあるものだったのだ（友人たちのすすめでその後撤回したが）。むろんミュッセはこの栄誉を心から喜んだ。世間的には、このとき彼はまだ四二歳の若さだった。

世間的には、とわれわれは書いた。

そう、まだミュッセは若かった。ただ、兄のポールの証言によれば三二歳にして「あまりにも生きすぎた」と感じる人間にとって四二歳という年齢がどんな意味合いをもっていたかはまた別の問題だろう。確かにミュッセの創作力は枯渇した。それは覆うべくもない事実だった。もちろん本人も自覚していたはずだ。すでに見たように三〇歳を過ぎてからの彼の仕事は間欠的な仕事を別とすれば見るべきものは少ない。彼は世間からは忘れ去られた存在だった。彼自身も余り文壇的付き合いを求めなかった。してみれば彼がアカデミー＝フランセーズの会員に選ばれたのが不思議なくらいだが、ミュッセの持って生まれた強運ということにしておこう。

ミュッセは創作活動は芳しくなかったが、恋愛に関してはまだ現役だった。アカデミー会員に選ばれてまもなく、ミュッセはフローベールの恋人、ルイーズ＝コレと関係を結ぶことになる。ただこの関係は数ヵ月しか続かなかった。想えばアラン夫人との恋が身を焦がした情熱恋愛の最後ではなかったか。

一八五三年頃の手紙の一節として次のようなタテの文章が残されている。おそらくミュッセの一番の親友の言葉だけに詩人の宿痾を名指して余蘊《ようん》がない。「アルフレッドは娼婦たちのなかに沈湎し続けている。彼はそこに彼の天才と健康を置き忘れることになるだろう。なんとおぞましい自殺であることか！」

あるいは、リシュリュー通りやサン－マルク通りの売春宿でのスキャンダルも伝えられている。店の女性にあまりにもえげつない振る舞い（サディスチックな仕打ち）をしたために売春宿から叩き出されたというのだ。晩年のこうした荒んだ女性遍歴を前にするとドン＝ファンの末路のおぞましさを見せつけられ、ミュッセという詩人の悲しい性《さが》というか、暗い業《ごう》というかそんなものが感じられて暗然たる思いを禁じ得ない。ミュッセの晩年は、深川の娼婦たちや浅草の踊り子たちと親しんだ永井荷風の晩年を思わせる。

ミュッセの最後の女性は誰かを言うことは難しいし、その詮索も無用だろうが、ただ最後に詩人の最後の一〇年間を一つ屋根の下で過ごし、その身の回りを世話したアデール＝コランの名前を挙

晩年のミュッセ　1854年

げておこう。とりわけ一八五〇年四月に母親がアンジェ（現メーヌ＝エ＝ロワール県県都）の妹の許に身を寄せることになり、詩人が独立した住まいをランフォール通り（サン＝トギュスタン教会付近にあった路地。オスマンの都市計画でマルゼルブ大通りの下に消えた）に構えるようになって以降は二人で住むようになったのだ。その後一八五二年秋にはモン＝タボール通り六番地（ここが終のすみかとなったが）に転居したときもそのまま移り住んだ。アデールは「家政婦」の役割をはるかに越えた存在だった。病気がちだった晩年の詩人にとって彼女は母親と「看護修道尼」の役割をつとめたのだ。彼女は「アルフレッド＝ド＝ミュッセ家での一〇年」という貴重な回想記を残している。

一八五七年五月はじめにミュッセは心臓の疾患でこの世を去る。詩人の最期を看取ったアデールによれば詩人は眠るように静かに死んだという。たまたま最期に立ち会えなかった兄のポールは弟の晩年の気持ちを汲んで詩人の辞世の言葉として次の言葉を伝えている。「眠るのだ！……ようやく眠れるのだ。」（この言葉はバイロンに由来するという）

ミュッセの葬儀は五月四日に執り行われた。サン＝ロッシュ教会には一〇〇人ほどの人が集まった。ペール゠ラシェーズ墓地には三〇名ほどが集まった。大詩人の葬儀としてはあまりにも淋しい光景だった。

ミュッセは愛し、苦しみ、なお愛し、そして歌った詩人だった。言葉の高い意味でミュッセの生涯は愛とポエジーに捧げられた一途な生涯だったといえるだろう。想うに、そんな生涯は稀である。

あとがき

友らよ、わたしが死んだ暁には、
わたしの墓に一本《ひともと》の柳を植えてほしい。
泣きぬれた葉叢《はむら》がわたしは好きだ。
その淡い色合いはわたしにはやさしくて、ゆかしい。
その影はわたしが眠る大地を
そっと蔽うことだろう。

詩編「リュシー」の冒頭の六行だ。ここに述べられた願いは聞き届けられて詩人の死後その墓のかたわらには一本の柳が植えられ、また石碑の上には上掲の詩句が刻まれることになった。それだけこの詩句が人口に膾炙していたということだろう。

ミュッセがフランスではポピュラーな詩人であることは、大衆小説のヒーローがその詩句を口ずさむ次のような例からも知れるだろう。

短編「太陽のたわむれ」のなかでアルセーヌ＝ルパンは語り手に「私の墓に一本の柳を植えてほしい、／泣きぬれた葉叢がわたしは好きだ」と思い入れたっぷりに吟唱してから、強敵との対決におもむくことになる……。

ところで目を転じてわが国ではどうだろうか。「はじめに」でも指摘したようにミュッセの知名度はきわめて低い。それでも昔は主要な作品についてはちらほら翻訳があったのだが、最近では岩波文庫などに入っている二、三の作品しか一般の読者には接することが出来ない。詩についてはまったくお手上げの状態だ。

どうしてなのだろうか。

日本には昔から重厚・深刻なものを良しとする伝統がある。「恋愛に殉じた詩人」ミュッセは軟弱・軽薄という印象がどうしてもつきまとうのだろう。これは非常に残念なことだ。ミュッセの都会的で「お洒落な」感性は現代の読者にも十分マッチするのではないだろうか。また、その恋愛哲学の奥には看過できない思想的葛藤も読みとれるはずだ。

ミュッセはもっと読まれて然るべき詩人だと思う。ここに、わが国で初めての詩人の評伝を世に問うゆえんである。

執筆に当たっては次の二点に留意した。

(1) あれもこれもと欲張らずに重要な事項を重点的に取りあげて記述にメリハリをつけること。

（2）ミュッセの作品に接するのが難しい現状を考慮して、紹介も兼ねて引用はたっぷりすること、また重要な作品についてはなるべく丁寧な概要を添えること。

要は、限られた紙幅の中でいかにしてより鮮明な詩人像を結ぶかだ。全力投球したつもりであるが、その出来ばえについては読者の判定を俟ちたい。

なお、引用は特に断らない限りすべて拙訳である。外国語の表記については正確を期したが、無用な混乱を避けるため、たとえばルマン（ル・マンではなく）のように通用に従ったものもある。出典の指示は、巻末の「参考文献」に挙げたものについては簡略化した。

最後になってしまったが、文献の蒐集やその他で色々とご面倒をおかけした京都大学教授・稲垣直樹氏にはお礼の言葉もない。また、本書執筆の機会を与えてくださった清水幸雄氏、編集の段階でお世話になった徳永隆氏、両氏にも心からの感謝を捧げます。

一九九九年一〇月三〇日

野内　良三

ミュッセ年譜

西暦	年齢	年譜	参考事項
一八一〇		12・11、ミュッセ、パリに生まれる。	
一二	2		ナポレオン、ロシア遠征に。
一三	3		ライプツィヒの戦い。
一四	4		仏、第一次王政復古。ウィーン会議（〜一五）。
一五	5		ワーテルローの戦い。杉田玄白、『蘭学事始』
一九	9	アンリ四世校に入学。妹エルミーヌが生まれる。	
二〇	10		ラマルチーヌ、『瞑想詩集』
二四	14		ルイ一八世死去し、シャルル一〇世即位。

一八二七	17	学力コンクールでラテン語論文二等賞を獲得。	仏、アルジェリア遠征（〜三〇）。
二八	18	バカロレア合格（アンリ四世校卒業）。サロンに足繁く通う一方で、詩作にも励む。	
二九	19	しばらく軍用暖房器会社に勤務。 12月末、処女作品集『スペインとイタリアの物語』出版。	《両世界評論》誌創刊。
三〇	20	1月、陸軍省の事務職員となる。 7月、七月革命勃発。 12月、オデオン座で『ヴェネチアの夜』公演、不評に終わる。	2月、ユゴーの五幕韻文劇『エルナニ』初演、「エルナニ合戦」。 スタンダール、『赤と黒』
三一	21		ビュロ、《両世界評論》誌編集長になる。
三二	22	4月、父ヴィクトル死亡（享年六四）。 12月、第二作品集『肘掛椅子のなかで見る芝居』（詩）を出版。	ジョルジュ＝サンド、『アンディアナ』
三三	23	4月、戯曲「アンドレ＝デル＝サルト」で《両世界評論》誌の専属寄稿者となる。 6月、ジョルジュ＝サンドと知り合い、激しい恋に陥る。 12月、サンドとイタリアに旅立つ。	

一八三四	24	サンドとの仲が危機的状況になる。3月、一人でヴェネチアから戻る。7月、『戯れに恋はすまじ』発表。8月、第三作品集『肘掛椅子のなかで見る芝居』（散文）を二巻本で刊行（『ロレンザッチョ』が初めて公表される）。	ドイツ関税同盟発足。
三五	25	3月、ジョルジュ＝サンドと訣別。8月、ジョベール夫人と束の間の関係を結ぶ。	
三六	26	2月、『世紀児の告白』刊行。	
三七	27	エメ＝ダルトンとの恋。二人の関係は二年半ほど続く。12月、サンクトペテルブルクで、この年の六月に《両世界評論》誌に掲載された戯曲『気まぐれ』がロシア語訳で公演される。	大塩平八郎の乱おこる。英、ヴィクトリア女王即位。
三八	28	内務省付属図書館員に任命される。	
四〇	30	7月、『喜劇と格言劇』『全詩集』をシャルパンチエ書店より普及版で刊行。	アヘン戦争勃発（〜四二）。
四一	31	ジョルジュ＝サンドとテアトル＝イタリアン劇場で久しぶりに邂逅。絶唱「思い出」を書き上げる。	天保の改革始まる。
四二	32		南京条約。
四六	36		英、穀物法廃止。

四七	37	『気まぐれ』がコメディー＝フランセーズで初演され、好評を博す。劇作家としての名声の始まり。	
四八	38		2月、二月革命勃発。 12月、ルイ＝ナポレオン、第二共和政大統領になる。
四九	39	7月、『気まぐれ』に出演した女優アラン夫人との激しく苦しい恋の始まり。この関係は五一年まで続く。	
五一	41		ルイ＝ナポレオンのクーデタ。
五二	42	2月、アカデミー＝フランセーズ会員に選ばれる（五月に入会式）。	ルイ＝ナポレオン皇帝（ナポレオン三世）になる。第二帝政の始まり。
五三	43		クリミア戦争勃発（～五六）。
五七	47	5・2、パリにて心臓疾患で死去。 5・4、サン＝ロッシュ教会で葬儀が行われ、ペール＝ラシェーズ墓地に埋葬される。	江戸幕府、ハリスと下田条約を調印。 インド大反乱（～五九）。 フローベール、『ボヴァリー夫人』 ボードレール、『悪の華』

参考文献

●作品の主な翻訳

『ミュッセ小説集』　萩原厚生訳（世界名作文庫）——春陽堂　一九三二
『戯れに恋はすまじ』　進藤誠一訳（岩波文庫）——岩波書店　一九四一（改訳一九七七）
『ジャヴォットの秘密　他五篇』　川口篤ほか訳（角川文庫）——角川書店　一九四九
『ミュッセ恋愛詩集』　澤木譲次訳——河出書房　一九五一
『世紀児の告白』（上下）　小松清訳（岩波文庫）——岩波書店　一九五三
『マリアンヌの気紛れ　他一篇』　加藤道夫訳（岩波文庫）——岩波書店　一九五四
『二人の恋人　他二篇』　小松清訳（岩波文庫）——岩波書店　一九五六
『世界名詩集大成2　フランスI』——平凡社　一九六〇
『ロレンザッチョ』　渡辺守章訳——朝日出版社　一九九三

●文学史・研究書など

『フランス文学史II』　ランソン、テュフロ共著　有永弘人ほか訳——中央公論社　一九六〇
『フランス・ロマン主義』　フィリップ・ヴァン・チーゲム著　辻昶訳（文庫クセジュ）——白水社　一九九〇
『フランス・ロマン主義年代誌』　ルネ・ブレー著　加藤宗登訳——駿河台出版社　一九九七
『ジョルジュ＝サンド』　坂本千代著（人と思想）——清水書院　一九九七

●ミュッセの著作（原書）

Œuvres complètes de Musset, Collection l'Intégrale,（Edition de Philippe VAN TIEGHEM）Ed, du Seuil, 1963.

Poésies complètes, Edition établie et annotée par Maurice ALLEM, Bibliothèque de la Pléiade, Gallimard, 1957.

Théâtre complet, Edition établie par Simon JEUNE, Bibliothèque de la Pléiade, Gallimard, 1990.

Premières Poésies, Poésies nouvelles, Collection Poésie,（Edition de Patrick BERTHIER）, Gallimard, 1976.

Premières Poésies, Collection Classiques Garnier,（Edition de Maurice ALLEM）, 1967.

●伝記・研究書など（原書）

Bénichou（Paul）: L'école du désenchantement,［《Alfred de Musset》, pp.101-216］, Gallimard, 1992.

Lestringant（Frank）: Alfred de Musset, Flammarion,1999.

Ganne（Gilbert）, Alfred de Musset, sa jeunesse et la nôtre, Librairie académique Perrin, 1970.

Gans（Eric L.）: Musset et le《drame tragique》, essai d'analyse paradoxale, Jose Corti, 1974.

Guillemin（Henri）, La liaison Musset-Sand, Gallimard, 1972.

Heyvaert（Alain）:

-La transparence et l'indicible dans l'œuvre d'Alfred de Musset, Klincksieck, 1994.

-L'esthétique de Musset, Ed. de SEDES, 1996.

Jeune（Simon）, Musset et sa fortune littéraire, Ducros, Bordeaux, 1970.

Lainey（Yves）, Musset ou la difficulté d'aimer, S.E.D.E.S., 1978.

Lasfocade (Léon), Le Théâtre d'Alfred de Musset, Nizet, 1966.
Martino (Pierre), L'époque romantique en France, Hatier, 1944, (sixième édition).
Masson (Bernard) :
-Théâtre et langage, essai sur le dialogue dans les comédies de Musset, Minard, 1977.
-Musset et son double, lecture de 《Lorenzaccio》, Minard, 1978.
Musset, Collection Mémoire de la critique, Presses l'Université de Paris-Sorbonne, 1995.
Pommier (Jean), Variétés sur Alfred de Musset et son théâtre, Nizet, 1966.
Poulet (Georges), Etudes sur le temps humain, [《Musset》 tome 2, pp.231-248], Ed. du Rocher-Plon, 1952.
Richard (Jean-Pierre), Etudes sur le romantisme, [《Musset》, pp. 201-213], Seuil, 1970.
ROMANTISME, Alfred de Musset, Poésies, 《Faire une perle d'une larme》, Ed. de SEDES, 1995.
Szwajcer (Bruno), La nostalgie dans l'œuvre poétique d'Alfred de Musset, Nizet, 1995.
Tonge (Frederick), L'art du dialogue dans les comédies en prose d'Alfred de Musset, Nizet, 1967.
Van Thiegem (Philippe), Musset, l'homme et l'œuvre, Hatier-Boivin, 1944, (troisième édition).
Zamour (Francçise), Musset, Série 《Les écrivains》, Nathan, 1996.

さくいん

【人　名】

【事　項】

【書名・作品名・雑誌名】

ミュッセ■人と思想170　　定価はカバーに表示

1999年12月15日　第1刷発行©
2016年9月25日　新装版第1刷発行©

・著　者 ……………………………………野内《のうち》　良三《りょうぞう》
・発行者 ……………………………………渡部　哲治
・印刷所 …………………………………広研印刷株式会社
・発行所 ………………………………株式会社　清水書院

〒102-0072　東京都千代田区飯田橋3-11-6
Tel・03(5213)7151～7
振替口座・00130-3-5283
http://www.shimizushoin.co.jp

検印省略
落丁本・乱丁本は
おとりかえします。

CenturyBooks　　Printed in Japan
ISBN978-4-389-42170-0

Century Books

清水書院の〝センチュリーブックス〟発刊のことば

近年の科学技術の発達は、まことに目覚ましいものがあります。月世界への旅行も、近い将来のこととして、夢ではなくなりました。しかし、一方、人間性は疎外され、文化も、商品化されようとしていることも、否定できません。

いま、人間性の回復をはかり、先人の遺した偉大な文化を継承して、高貴な精神の城を守り、明日への創造に資することは、今世紀に生きる私たちの、重大な責務であると信じます。

私たちがここに、「センチュリーブックス」を刊行いたしますのは、人間形成期にある学生・生徒の諸君、職場にある若い世代に精神の糧を提供し、この責任の一端を果したいためであります。

ここに読者諸氏の豊かな人間性を讃えつつご愛読を願います。

一九六七年

SHIMIZU SHOIN

【人と思想】 既刊本

老子	高橋　進
孔子	内野熊一郎他
ソクラテス	中野　幸次
釈迦	副島　正光
プラトン	中野　幸次
アリストテレス	堀田　彰
イエス	八木　誠一
親鸞	古田　武彦
ルター	小牧　治 泉谷周三郎
カルヴァン	渡辺　信夫
デカルト	伊藤　勝彦
パスカル	小松　摂郎
ロック	浜林正夫他
ルソー	中里　良二
カント	小牧　治
ベンサム	山田　英世
ヘーゲル	澤田　章
J・S・ミル	菊川　忠夫
キルケゴール	工藤　綏夫
マルクス	小牧　治
福沢諭吉	鹿野　政直
ニーチェ	工藤　綏夫
J・デューイ	山田　英世
フロイト	鈴村　金彌
内村鑑三	関根　正雄
ロマン=ロラン	村上　嘉隆 村上　益子
孫文	横山　英 中山　義弘
ガンジー	坂本　徳松
レーニン	中野　徹三 高岡健次郎
ラッセル	金子　光男
シュバイツァー	泉谷周三郎
ネルー	中村　平治
毛沢東	宇野　重昭
サルトル	村上　嘉隆
ハイデッガー	新井　恵雄
ヤスパース	宇都宮芳明
孟子	加賀　栄治
荘子	鈴木　修次
アウグスティヌス	宮谷　宣史
トーマス・マン	村田　經和
シラー	内藤　克彦
道元	山折　哲雄
ベーコン	石井　栄一
マザーテレサ	和田　町子
中江藤樹	渡部　武
ブルトマン	笠井　恵二
本居宣長	本山　幸彦
佐久間象山	奈良本辰也 左方　郁子
ホッブズ	田中　浩
田中正造	布川　清司
幸徳秋水	絲屋　寿雄
スタンダール	鈴木昭一郎
和辻哲郎	小牧　治
マキアヴェリ	西村　貞二
河上肇	山田　洸
アルチュセール	今村　仁司
杜甫	鈴木　修次
スピノザ	工藤　喜作
ユング	林　道義
フロム	安田　一郎
マイネッケ	西村　貞二
エラスムス	斎藤　美洲
パウロ	八木　誠一
ブレヒト	岩淵　達治
ダンテ	野上　素一
ダーウィン	江上　生子
ゲーテ	星野　慎一
ヴィクトル=ユゴー	辻　昶 丸岡　高弘
トインビー	吉沢　五郎
フォイエルバッハ	宇都宮芳明

平塚らいてう	小林登美枝
フッサール	加藤精司
ゾラ	尾崎和郎
ボーヴォワール	村上益子
カール=バルト	大島末男
ウィトゲンシュタイン	岡田雅勝
ショーペンハウアー	遠山義孝
マックス=ヴェーバー	住谷一彦他
D・H・ロレンス	倉持三郎
ヒューム	泉谷周三郎
シェイクスピア	福田陸太郎 菊川倫子
ドストエフスキイ	井桁貞義
エピクロスとストア	堀田彰
アダム=スミス	浜林正夫 鈴木亮
ポパー	川村仁也
フンボルト	西村貞二
白楽天	花房英樹
ベンヤミン	村上隆夫
ヘッセ	井手賁夫
フィヒテ	福吉勝男
大杉栄	高野澄
ボンヘッファー	村上伸
ケインズ	浅野栄一
エドガー=A=ポー	佐渡谷重信

ウェスレー	野呂芳男
レヴィ=ストロース	吉田禎吾他
ブルクハルト	西村貞二
ハイゼンベルク	小出昭一郎
ヴァレリー	山田直
プランク	高田誠二
ラヴォアジエ	中川鶴太郎
T・S・エリオット	徳永暢三
シュトルム	宮内芳明
マーティン=L=キング	梶原寿
ペスタロッチ	長尾十三二 福田弘
玄奘	三友量順
ヴェーユ	冨原眞弓
ホルクハイマー	小牧治
サン=テグジュペリ	稲垣直樹
西光万吉	師岡佑行
ヴァイツゼッカー	加藤常昭
メルロ=ポンティ	村上隆夫
オリゲネス	小高毅
トマス=アクィナス	稲垣良典
ファラデーと マクスウェル	後藤憲一
津田梅子	古木宜志子
シュニッツラー	岩淵達治

タゴール	丹羽京子
カステリョ	出村彰
ヴェルレーヌ	野内良三
コルベ	川下勝
ドゥルーズ	鈴木亨
「白バラ」	関楠生
リジュのテレーズ	菊地多嘉子
リッター	西村貞二
プルースト	石木隆治
ブロンテ姉妹	青山誠子
ツェラーン	森治
ムッソリーニ	木村裕主
モーパッサン	村松定史
大乗仏教の思想	副島正光
解放の神学	梶原寿
ミルトン	新井明
ティリッヒ	大島末男
神谷美恵子	江尻美穂子
レイチェル=カーソン	太田哲男
オルテガ	渡辺修
アレクサンドル=デュマ	辻昶 稲垣直樹
西行	渡部治
ジョルジュ=サンド	坂本千代
マリア	吉山登

ラス=カサス　染田秀藤
吉田松陰　高橋文博
パステルナーク　前木祥子
パース　岡田雅勝
南極のスコット　中田修
アドルノ　小牧治
良寛　山崎昇
グーテンベルク　戸叶勝也
ハイネ　一條正雄
トマス=ハーディ　倉持三郎
古代イスラエルの預言者たち　木田献一
シオドア=ドライサー　岩元巌
ナイチンゲール　小玉香津子
ザビエル　尾原悟
ラーマクリシュナ　堀内みどり
フーコー　今村仁司・栗原仁
トニ=モリスン　吉田廸子
悲劇と福音　佐藤研
リルケ　星野慎一・小磯仁
トルストイ　八島雅彦
ミリンダ王　森祖道・浪花宣明
フレーベル　小笠原道雄

ヴェーダからウパニシャッドへ　針貝邦生
ベルイマン　小松弘
アルベール=カミュ　井上正
バルザック　高山鉄男
モンテーニュ　大久保康明
ミュッセ　野内良三
ヘルダリーン　小磯仁
チェスタトン　山形和美
キケロー　角田幸彦
紫式部　沢田正子
デリダ　上利博規
ハーバーマス　小牧治・村上隆夫
三木清　永野基綱
グロティウス　柳原正治
シャンカラ　島岩
ハンナ=アーレント　太田哲男
ミダース王　西澤龍生
ビスマルク　加納邦光
オパーリン　江上生子
アッシジのフランチェスコ　川下勝
スタール夫人　佐藤夏生
セネカ　角田幸彦

ペテロ　川島貞雄
ジョン・スタインベック　中山喜代市
漢の武帝　永田英正
アンデルセン　安達忠夫
ライプニッツ　酒井潔
アメリゴ=ヴェスプッチ　篠原愛人
陸奥宗光　安岡昭男